Au Cœur des Anges

Catalogage avant publication de Bibliothèque et Archives nationales du Québec et Bibliothèque et Archives Canada

Lanrivin, Samantha, 1969-
Au Cœur des Anges
ISBN 978-2-89436-760-5
I. Titre.
PS8623.A698A9 2016 C843'.6 C2016-940111-1
PS9623.A698A9 2016

Nous reconnaissons l'aide financière du gouvernement du Canada par l'entremise du Fonds du livre du Canada (FLC) pour nos activités d'édition.

Nous remercions la Société de développement des entreprises culturelles du Québec (SODEC) pour son appui à notre programme de publication.

Gouvernement du Québec – Programme de crédit d'impôt pour l'édition de livres – Gestion SODEC.

Infographie de la couverture : Marjorie Patry
Mise en pages : Josée Larrivée
Correction d'épreuves : Michèle Blais

Éditeur : Les Éditions Le Dauphin Blanc inc.
Complexe Lebourgneuf, bureau 125
825, boulevard Lebourgneuf
Québec (Québec)G2J 0B9 CANADA
Tél. : 418 845-4045Téléc. : 418 845-1933
Courriel : info@dauphinblanc.com
Site web : www.dauphinblanc.com

ISBN version papier : 978-2-89436-760-5
ISBN version numérique epdf : 978-2-89436-761-2
ISBN version numérique epub : 978-2-89436-762-9
ISBN version numérique mobi : 978-2-89436-763-6

Dépôt légal : 1er trimestre 2016
Bibliothèque nationale du Québec
Bibliothèque et Archives Canada
Données de catalogage disponibles auprès de Bibliothèque et Archives nationales du Québec.

Imprimé au Canada

« Rien ne sert de chercher le bonheur,
il vous trouve lorsque vous êtes prêt… »

Table des matières

Préface

Samantha est pleine d'enthousiasme et son livre lui ressemble. Il dégage une énergie vitale, brute et pleine de mystère, qui entraîne le lecteur. Brute car elle jaillit comme un geyser, mystérieuse car elle se livre à travers des métaphores et des symboles.

Suivons les anges : ils nous montrent un chemin initiatique qui nous mène au plus profond de nous-même…

Gonzague MASQUELIER
Gestalt-thérapeute

Remerciements

J'ai infiniment de gratitude pour tous les êtres de chair et de lumière qui m'apportent leur aide dans cette aventure singulière.

Puisse ce livre vous rendre plus heureux.

Parfum d'été

Mercredi 7 juin 2006 – 22 heures 43

Un téléphone portable sonne.

– Allo, Madame Langlois ?

– Oui.

– Inspecteur Legendre, Commissariat du 7e. J'ai une mauvaise nouvelle à vous annoncer…

Marie lâche son portable, hurle et s'effondre sur le sol.

Je sursaute dans le noir. Quelque chose d'atroce vient d'arriver !

– Maman ? Maman ?

Elle ne répond pas… Parfois je sens sa main autour de moi, pas là ! Je tremble de tout mon être.

Avant, cet univers me semblait réconfortant, doux et chaud. J'avais le sentiment d'y être à l'abri, bercée et entourée d'amour. Désormais, un froid glacial m'envahit, j'ai peur.

Tristan, le mari de Marie vient de décéder d'un accident de scooter. Il est entré en collision avec un camion de livraison. Le choc est brutal et irréversible.

Il est 23 heures 30 lorsque le policier frappe à la porte. Il vient chercher ma mère pour l'identification du corps.

Le visage livide, elle se comporte comme un automate en cette pénible circonstance. Elle entend à peine ce qu'il lui dit. Elle ne pense plus qu'à une chose : mourir !

Tristan, l'amour de sa vie, son âme sœur, le père de l'enfant qu'elle porte, vient de s'éteindre pour toujours. Ce matin encore, il l'embrassait tendrement avant de partir travailler…

« À ce soir, mes trésors ! » leur avait-il dit en refermant la porte de l'appartement situé à deux pas de la tour Eiffel.

Je ressens la douleur de ma mère et son envie de mourir. Malheureusement, je ne peux rien faire. J'ai mal pour elle.

Je vais attendre sagement au creux de son ventre que les choses se calment. Je décide de me faire la plus minuscule possible, de ne plus bouger. Je garde au fond de mon petit cœur, toute ma détresse. Je sais que jamais je ne connaîtrai mon papa, jamais il ne me prendra dans ses bras ni ne jouera avec moi. Il ne m'apprendra pas à faire du vélo ou à grimper dans les arbres pour manger des cerises. Va falloir que je sois forte pour deux. J'imagine que ma vie ne ressemblera pas à celle des autres petites filles, que ma maman sera différente des autres mamans, que la vie ne sera pas drôle tous les jours. Alors, pour ne plus souffrir, je décide d'endormir mon chagrin pour toujours et de me tourner vers la seule chose qui peut me raccrocher à la vie : la toute petite étincelle que je perçois encore dans le cœur de ma maman.

Mercredi 7 juin 2006 – 21 heures 45

Je termine tard ce soir. L'air est doux. Je suis content de rentrer pour retrouver ma femme et ma fille qui va naître dans deux mois. J'ai hâte de la connaître, de la serrer dans mes bras. Marie est mon oasis dans ce monde professionnel stressant. Je m'appelle Tristan, je suis conseiller financier dans une banque internationale. J'ai enchaîné réunion sur réunion aujourd'hui et malgré mon épuisement j'ai le cœur léger, je suis un homme comblé.

Comme à mon habitude, je quitte le bureau en scooter pour me diriger vers le pont de l'Alma. Soudain, à l'angle d'une rue, un véhicule de livraison roulant à vive allure me percute de plein fouet. Je suis projeté sur plusieurs mètres et retombe comme une poupée de chiffon sur le sol.

Heure du décès : 22 heures 17.

Mes os sont brisés, ma mœlle épinière s'écoule hors de ma colonne vertébrale. Je suis mort sur le coup, à 33 ans.

Le chauffeur de la camionnette s'en est sorti indemne. De nombreuses personnes sont arrivées en renfort pour me secourir. Tout va très vite, un médecin urgentiste tente de me réanimer par un massage cardiaque. Sans succès.

Je leur crie : « C'est trop tard, je suis déjà mort », mais personne ne m'entend ! Je réalise que je ne suis plus dans mon corps. J'ai souvent entendu parler de ce genre d'histoires dans les médias, je n'y ai jamais cru. C'est mon tour !

Je pense à ma femme et à notre bébé. Que vont-elles devenir sans moi ? Je sens la peur et la culpabilité me gagner. Mon Dieu, qu'ai-je fait ? C'est la première fois que je m'adresse à lui.

J'ai froid ! Je ne devrais pourtant rien ressentir, je suis mort !

Vite, il faut que j'avertisse ma femme ! C'est impossible, je ne suis plus libre de mes décisions, ni de mes mouvements…

Sans plus tarder, je vois apparaître une grande lumière au-dessus de moi. Elle m'attire vers elle. J'essaie de lui résister, je dois rejoindre Marie qui se trouve seulement à une centaine de mètres de moi. C'est un cauchemar ! Je suis impuissant.

Peu à peu, je suis aspiré vers le haut et m'éloigne du lieu de l'accident. Inutile de lutter, cette « chose » est la plus forte. Le mouvement s'accélère, je traverse un halo de lumière blanche et perds définitivement le contact avec la terre.

7 ans après

Vendredi 15 novembre 2013

Mon prénom est Sarah, j'ai 7 ans. Ce matin, il fait froid dans l'appartement dans lequel nous habitons, rue du Champ de Mars. Je n'aime pas vivre ici.

Shakti ronronne doucement à côté de moi. C'est mon doudou. J'adore ses jolis yeux verts et son pelage tigré. Sa fourrure est tellement douce qu'on dirait un lapin. Elle devait avoir trois ou quatre mois lorsque nous l'avons trouvée sur notre paillasson. Elle miaulait craintivement dans une boîte en carton, emmitouflée dans une couverture de laine grise. J'ai dû supplier maman pour qu'on la garde !

Ma vie ressemble à un film en noir et blanc. Noir comme la couleur de la mort et blanc comme la solitude. J'ai perdu mon papa à l'âge de 7 mois alors que j'étais dans le ventre de maman. Je ne le connais qu'à travers des photos.

Même si je ne l'ai jamais vu, quelque chose dans son regard m'est familier. Maman me dit toujours que c'est dans les yeux que l'on voit l'âme d'une personne. Peut-être que papa me voit du ciel ?

Elle m'a expliqué qu'il est parti « au paradis » et, que de là-haut, il veille sur nous. D'après elle, c'est un endroit plein d'amour où les anges s'occupent bien des humains lorsqu'ils quittent la terre.

C'est l'heure de m'habiller et de me coiffer pour aller à l'école. En me regardant dans le miroir de la salle de bain, je vois une petite fille pâle aux cheveux châtains et aux yeux noisette. Je n'aime pas me regarder dans la glace, je ne m'aime pas… À vrai dire, je me demande qui peut bien m'aimer ?

Depuis la mort de papa, maman pleure tout le temps. Elle prend des médicaments pour tenir le coup. Je pense que c'est en partie à cause de moi car jamais elle ne m'embrasse ni ne me console ou même, ne me lit une histoire.

C'est dur… Alors je fais tout pour ne pas être une charge pour elle. Heureusement, Shakti est là. Depuis qu'elle dort avec moi, je ne fais plus de cauchemar. Le soir, je lui demande de porter des messages à mon père pour lui dire combien il me manque, que je l'aime et à quel point la vie est difficile pour ma mère, qui s'enfonce chaque jour un peu plus dans la dépression.

Elle va bientôt avoir quarante ans. C'était une très belle femme avant la mort de papa. Elle est grande et très maigre maintenant. Ses yeux verts sont toujours cernés. Ses cheveux bruns mi-longs sont abîmés, elle ne prend plus soin d'elle. Elle ne mange presque plus. Jamais elle ne cuisine, elle qui aimait tant faire des bons petits plats.

J'ai pris l'habitude de me faire à manger toute seule. La plupart du temps, je me prépare des pâtes ou du riz avec du jambon. Au moins à la cantine, il y a des légumes, de la viande, du poisson et des laitages. J'en ai besoin pour grandir. Je ne lui en veux pas, je vois bien qu'elle est à bout de force.

Avant de partir pour l'école, je m'arrête devant les photos accrochées au mur dans le salon. Mes parents ont l'air si heureux ! Mais ça c'était avant... Maman m'a raconté que tout le monde les enviait car ils réussissaient tout ce qu'ils entreprenaient et surtout, ils s'aimaient follement ! Ils faisaient tout ensemble. On les prenait régulièrement pour frère et sœur.

Papa était très beau. Il avait beaucoup de succès avec les femmes, mais, il n'avait d'yeux que pour elle. Il ressemblait à un ange avec ses boucles blondes et ses grands yeux marron pétillants.

Je me souviens bien de sa voix chaude quand il me parlait à travers le ventre de maman, c'était comme une douce caresse sur mon âme. J'aimais sentir ses mains, je me glissais dessous et poussais fort avec mes pieds pour jouer avec lui. Je l'entendais rire. Jusqu'au jour où...

À ce moment-là, j'ai voulu mourir aussi.

Aujourd'hui, je me sens coupable d'être en vie. Alors je fais tout ce que je peux pour rendre la vie de maman plus facile : je fais les courses, à manger, je range la maison. Je vais lui chercher ses médicaments à la pharmacie. Parfois je suis tellement fatiguée que je n'arrive même pas à faire mes devoirs...

Ce soir encore, je m'endormirai en pleurant avec Shakti dans les bras. Elle est la seule à me comprendre.

Marie et Tristan

Sept ans que j'erre dans les limbes, se désespère Tristan. C'est normal, j'ai fait du mal à ma femme et à ma fille ! Rester dans cet enfer est ma punition.

Je me rends de temps à autre dans notre appartement qui tombe en ruine. Les peintures blanches sont devenues grises, les meubles sont poussiéreux et les vitres encrassées.

Marie dort dans le canapé, d'un sommeil sans rêve. Sarah occupe notre ancienne chambre. Ici, la vie semble s'être arrêtée.

Je les observe dans leur sommeil, c'est le moment le plus propice pour faire un saut dans la matière. Le temps de la nuit est plus tranquille. Les pensées des humains font moins barrage aux âmes égarées qui cherchent le contact avec les vivants, mais rares sont ceux qui les perçoivent. Malgré de nombreuses tentatives, elles n'ont jamais détecté ma présence.

Je reste impuissant devant la dépression de ma femme. Elle qui était si rayonnante, n'est plus que l'ombre d'elle-même. J'assiste à sa descente aux enfers, de mes enfers.

Quant à Sarah, j'aimerais tant être là pour elle, pour lui faire découvrir le monde et l'aider à grandir. C'est une petite fille courageuse et en même temps, profondément triste.

Sa mère est incapable de s'en occuper même si elle travaille peu. Depuis quelques années, elle est guide anglophone dans les Catacombes de Paris. Elle passe son temps dans des tunnels sombres, humides et froids, parmi des millions d'ossements. C'est sa façon de rester en contact avec moi et d'entretenir sa mélancolie.

Pourquoi tant de gâchis ? Nous étions si bien ensemble ! Mon cœur se déchire, enfin, ce qu'il en reste.

Je l'avais rencontrée à Rennes lors d'une soirée étudiante de la faculté des langues étrangères appliquées. À l'époque, nous avions tous les deux 23 ans. Coïncidence étrange, nous étions nés un 27 novembre, ce qui faisait de nous des jumeaux symboliques.

La première fois que je l'ai vue, j'ai tout de suite su que c'était la femme de ma vie. Je sais, cela fait un peu cliché...

Je fus bouleversé par tant de grâce et de gentillesse. Elle était douée en toute chose. C'était la bonté incarnée.

Toujours prête à venir en aide aux plus défavorisés, elle ne supportait pas la misère humaine. Elle affectionnait les animaux et plus particulièrement les chats. Elle rêvait d'une grande maison à la campagne, pour pouvoir y recueillir tous ceux qui auraient été abandonnés. Pour moi, c'était la personne idéale.

Je me souviens parfaitement de l'instant où nos regards se sont croisés. Ce fut magique, comme si une fée avait agité sa baguette au-dessus de nos têtes. Une évidence !

Nous avions enfin trouvé notre moitié. Inséparables, nous étions fusionnels. « Jamais l'un sans l'autre », telle était notre devise. Quand nous faisions l'amour, c'était parfait ! Nous pleurions souvent au cours de cette communion. Conscients de notre chance, nous vivions pleinement ces moments de félicité où tout nous paraissait possible.

Habités par un sentiment d'immortalité, nous nous sentions invincibles. Notre amour transcendait le quotidien. Rien ne nous faisait peur, nous allions sans cesse de l'avant. L'espoir était notre allié. Cet amour hors du commun donnait un sens à notre vie.

Ce n'est pas facile de décrire nos sentiments avec de simples mots. Malheureusement, c'est tout ce qu'il m'est possible de faire là où je suis. J'avais rendez-vous avec la mort ! Elle ne m'a pas prévenu, la faucheuse ! Elle m'est tombée dessus détruisant cette relation que nous croyions pourtant indestructible. Personne ne s'attend à mourir si jeune. C'est profondément injuste !

En imaginant la douleur de Marie après l'accident, j'ai eu peur qu'elle ne se suicide. Par chance ou par miracle, elle n'est pas passée à l'acte.

Si seulement j'avais changé mes plans ce jour-là, rien de tout cela ne serait arrivé.

Depuis je culpabilise, même si je sais que cela n'apaise en rien leurs souffrances. Je n'en peux plus, je suis à bout ! Aidez-moi, je vous en supplie ! Mais qui peut bien m'entendre dans cet océan de vide ?

Lorsque le désespoir contamine l'âme, il ne reste que deux issues possibles : la foi ou la folie…

Cette prise de conscience agit en moi comme un électrochoc. La foi… Qu'est-ce que la foi ?

Convocation au sommet

Branle-bas de combat au sommet ! Tous les archanges et les anges sont convoqués en urgence. S'ensuit un brouhaha de chuchotements et de bruissements d'ailes. Le lieu du rassemblement est d'un blanc aveuglant. Des myriades de perles de cristal en suspension dans l'éther, tintent bruyamment. Quelque chose d'important vient d'arriver ! Chacun se demande de quoi il peut bien s'agir cette fois. L'excitation est à son comble.

L'archange Raphaël, guide de tous les guérisseurs, prend la parole :

— *Chers travailleurs de lumière, l'heure est grave !*

» *La terre s'apprête à vivre une catastrophe sans précédent. Nous avons besoin d'un certain Tristan pour accomplir une mission de sauvetage dont l'enjeu est vital pour l'humanité !*

» *En haut lieu, on nous demande de le contacter au plus vite. Malheureusement sa culpabilité l'empêche de nous entendre.*

» *Récemment, il a prononcé le mot « foi ». C'est peut-être le signe que son âme s'est ouverte à une dimension plus « spirituelle ». Il n'y a donc plus une minute à perdre.*

» En parallèle, nous devons agir au sein de sa famille. Voici un résumé de la situation…

Dans une sorte de miroir, les images de l'accident de Tristan et de la descente aux enfers de Marie apparaissent successivement.

— Si nous parvenons à l'extraire de l'abîme dans lequel elle est plongée depuis le drame, Marie pourra faire son deuil. Espérons alors qu'elle reprendra goût à la vie et qu'elle rétablira le lien avec sa fille.

» Et qui sait, l'amour frappera peut-être de nouveau à sa porte.

» Attention, pas de zèle inutile ! En aucun cas, nous ne devons influencer cette femme dans sa vie amoureuse.

» Contentons-nous seulement de lui montrer la voie afin qu'elle se « réveille ». C'est là, l'essentiel de notre mission !

» Si Tristan constate que sa femme et sa fille vont mieux, il pourra plus facilement se pardonner et venir jusqu'à nous. Le pardon, c'est le chemin de la guérison…

— Comment devons-nous procéder concrètement ? demande l'archange Gabriel.

— Nous nous immiscerons dans les rêves de Marie. Il y en aura 7 au total, à intervalles rapprochés.

— C'est absurde ! Comment l'aider à se « réveiller » si elle est endormie ?

— Remarque pertinente ! Vous avez carte blanche. Faites comme bon vous semble. Néanmoins, vous devrez utiliser une couleur par rêve en respectant l'ordre suivant : rouge, orange, jaune, vert, bleu ciel, indigo, violet.

» Vous aurez des anges à disposition pour vous aider. Ils souffleront des messages dans l'inconscient de Marie qui se diffuseront dans sa conscience à son réveil. Je compte sur vous ! Nous avons besoin de Tristan au plus vite. D'autres questions ?

C'est un peu la stupéfaction au sein du groupe. Tandis que certains commencent à réfléchir à un plan d'action, d'autres se demandent quelle peut bien être cette mission de sauvetage…

Personne n'ose poser de question. Tous savent que, dans le monde céleste, les mystères restent, pour la plupart, entiers.

L'archange Raphaël, conscient que cette intervention est inédite et ardue, reprend la parole pour distribuer les rôles :

— Uriel, tu seras en charge du premier rêve, Gabriel du deuxième et Jophiel, du troisième. Je m'occuperai personnellement du quatrième. Michaël, je te confie le cinquième. Raziel, tu prendras le sixième et toi Zadkiel, tu concluras d'un coup de maître.

L'archange Zadkiel est stressé, il n'aime pas qu'on lui mette la pression ! Il a déjà une idée, mais c'est quitte ou double.

Ekasringa

Quelque part dans les limbes, moi, Tristan, je me souviens de la définition du mot « foi » : adhésion totale de l'homme à un idéal qui le dépasse, confiance absolue que l'on place en quelque chose ou en quelqu'un.

Il y eut un temps où j'avais foi en mon couple, en la vie ! Ce n'est plus le cas depuis l'accident. Tout est de ma faute !

Tandis que je me torture, je suis ébloui par une lumière émanant des ténèbres. Soudain, je vois apparaître devant moi une somptueuse licorne bleue. Comment puis-je la voir ?

Gracieusement, elle s'approche de moi et me dit :

« Le moment venu, entre les deux mondes tu te rendras et, par ton cœur, tu la délivreras. »

Et s'il existait autre chose que cet espace obscur ? Une lueur d'espoir jaillit dans mon âme.

Marc

Lever 5 heures 30. Direction Rungis et son marché aux fleurs coupées. Ce matin, Marc se gare face au pavillon C1, au niveau de l'allée des gardénias. Il commence par prendre un café à L'arrosoir dont il apprécie l'ambiance chaleureuse, l'odeur du café et des croissants chauds. Des lumières jaunes réchauffent cet endroit fréquenté par tous les fleuristes de Paris et de la région parisienne.

Après avoir réglé, il se dirige vers l'immense entrepôt qui rassemble tous les grossistes. À l'intérieur, c'est un bal de couleurs. Toutes sortes de fleurs arrivent des quatre coins du monde. Il aime beaucoup cette ambiance. Il commence par le stand de Gérard, son fournisseur habituel.

— Bonjour, Marc ! Comment ça va ? me demande-t-il en me serrant chaleureusement la main.

— Bien, merci. As-tu reçu des roses d'Équateur ?

— Oui ! Viens avec moi, je vais te les montrer. Elles sont exceptionnelles.

En général, j'ai une préférence pour le rose. Les siennes vont du pastel au fuchsia. Je me réjouis à l'avance des bouquets que je vais confectionner pour mes clientes.

J'achète également des variétés anciennes pourpres ainsi que des roses rouge grenat, incontournables pour les amoureux. J'en offrirais bien à une certaine femme...

Je me dirige ensuite vers le stand des feuillages pour acheter de quoi garnir mes futures compositions.

À 7 heures 30, j'ai terminé mes achats. Je charge ma camionnette et rentre sur Paris. J'espère qu'il n'y aura pas trop d'embouteillage, ma boutique ouvre à 10 heures.

En conduisant, je repense à cette grande brune qui m'intrigue, que je croise régulièrement rue Cler.

Je la trouve belle mais éteinte. Je me sens proche d'elle, alors que je ne la connais pas. J'aimerais bien l'aborder mais je n'ose pas pour le moment. Je me suis renseigné sur elle auprès des commerçants du quartier. J'ai appris qu'elle s'appelle Marie et qu'elle élève sa fille toute seule. Tout le monde garde en mémoire le drame qui s'est abattu sur elles 7 ans plus tôt.

Depuis, je fais souvent le même rêve étrange dans lequel nous dansons tous les trois, dans un champ de fleurs roses et blanches.

Petit à petit, je me suis pris d'affection pour ces deux êtres, tout en restant dans l'ombre. L'année dernière, je fis quelque chose d'un peu fou. Madame Riveira, la concierge de mon immeuble, a une chatte qui fit une portée de trois chatons. Un matin en partant travailler, elle me raconta combien elle était embêtée car elle ne pouvait pas les garder.

Elle me demanda si je ne connaissais pas quelqu'un à qui en donner. Sur le coup, je lui répondis que non. Toute la journée je ne cessais d'y penser. Le soir venu, je frappais à sa loge pour lui dire que j'en voulais un. J'avais une idée…

Trois mois plus tard, je déposais le chaton de manière anonyme, dans une boîte en carton, sur le paillasson de Marie et Sarah. J'espérais leur apporter un peu de réconfort. Je me sentais tout de même un peu ridicule d'agir de cette façon.

Je ne suis pas du genre entreprenant avec les femmes. En tant que fleuriste, je suis souvent sollicité par la gent féminine. Je garde toutefois une certaine distance pour ne pas tout mélanger.

On dit de moi que je suis bel homme, que j'ai du charme, mais, collectionner les conquêtes ne m'intéresse pas. J'aspire à une relation profonde et authentique. Cela dit, j'aime qu'une femme soit de prime abord, inaccessible. Cela m'oblige à faire preuve d'imagination.

Un coup de klaxon me ramène à la réalité. J'arrive sur le boulevard périphérique. J'ai encore un bout de chemin à faire. Le temps presse ! J'ai toutes mes roses à décharger et à mettre à l'eau…

Rouge sang

Samedi 16 novembre

— *C'est pour cette nuit!* annonce l'archange Uriel, un des archanges les plus sages.

Il rassemble rapidement son équipe. Tout le monde est excité et, en même temps, un peu tendu. Dans quelques heures, aucun retour en arrière ne sera possible. La première phase de « réveil » de Marie sera enclenchée…

Maman me dit d'une voix lasse que c'est l'heure de me mettre en pyjama et de me laver les dents. Elle est assise sur le canapé du salon, les yeux perdus dans le vague.

Je vois bien qu'elle est déprimée. C'est difficile pour elle de travailler dans les Catacombes. Tous ces morts entassés, moi ça me donne la chair de poule ! J'aimerais bien qu'elle fasse autre chose, elle serait peut-être moins triste. Depuis la mort de papa, elle s'habille toujours en noir. Elle me dit que c'est une façon de lui rester fidèle.

Elle entre dans ma chambre, m'embrasse du bout des lèvres pour me souhaiter une bonne nuit. Je garde ma petite veilleuse allumée, j'ai peur dans le noir. Shakti grimpe sur mon oreiller et se met à ronronner. Cela m'aide à m'endormir.

Il est 22 heures 17. Marie avale un puissant somnifère. Sans lui, elle ne parviendrait pas à dormir. Elle déplie ensuite le canapé qui lui fait office de lit et se glisse sous la couette un peu rêche. Une demi-heure plus tard, elle sombre dans un sommeil artificiel.

Je suis devant l'entrée de l'ossuaire des Catacombes, situé à vingt mètres sous terre. Au-dessus de la porte, la citation « Arrête, c'est ici l'empire de la mort » est gravée dans la pierre. Cette phrase m'a toujours fait froid dans le dos, constate Marie.

Je déambule dans ce décor à la mise en scène macabre. Des millions d'ossements sont entassés les uns sur les autres, le long d'un enchevêtrement de galeries obscures et de couloirs étroits.

Contrairement à d'habitude, je ne vois aucun touriste. Quelque chose n'est pas normal. J'avance dans le couloir principal. Sans savoir pourquoi, je m'arrête devant la stèle de l'ancien cimetière Saint-Nicolas des Champs.

Brusquement, mes jambes m'abandonnent. Le sol s'effondre sous mes pieds. Je bascule en arrière dans une chute interminable. J'ai si peur que je crie de toutes mes forces. Je me rapproche du sol à une vitesse impressionnante présageant une mort inévitable.

Contrairement à ce que j'avais imaginé, je ne me brise pas en mille morceaux en atterrissant. L'impact est violent mais je ne suis pas blessée, juste sonnée.

Je me frotte la tête pour me remettre les idées en place. J'observe attentivement l'endroit où je suis. Il s'agit d'une grotte aux parois rougeoyantes et visqueuses. La chaleur y est étouffante !

Cet environnement me fait penser à un ventre maternel. J'ai l'impression d'être observée, pourtant je ne vois personne. Manquant d'air, je cherche une issue. Je réussis à me faufiler dans un passage étroit qui débouche sur un temple de couleur ocre, illuminé par une multitude de bougies rouges. Ces lueurs confèrent à ce lieu une dimension mystique. J'entre à l'intérieur. Au milieu d'une immense pièce, j'aperçois un trône en or, tapissé d'une épaisse fourrure carmin, sur lequel est assis un bébé. Il m'accueille avec un sourire.

Je m'installe à ses pieds. C'est bizarre, il me rappelle quelqu'un… Entre nous, c'est évident. Très vite mon cœur s'ouvre pour communier avec le sien. Je prends la parole la première.

— Qui es-tu ?

— Tu ne te souviens plus de moi ? Nous sommes de vieux amis… Il fut un temps où nous étions inséparables !

— Inséparables ?

— Ce que je vais te dire risque de te paraître incroyable…

— De quoi s'agit-il ?

— Eh bien… Je suis ton frère, Marie.

— Quel frère ?

— Ton frère jumeau…

— Je n'ai jamais eu de frère, je suis fille unique !

— Si… Au début de la grossesse de notre mère, j'étais avec toi.

— Avec moi ?

Ces mots résonnent douloureusement en moi.

— Essaie de te souvenir…

Une vague de nostalgie s'empare de moi. Je me rappelle maintenant : deux embryons serrés l'un contre l'autre, des caresses, des jeux, une grande complicité ! L'amour avec un grand A. Nous ne faisions qu'un ! Le bonheur… Et là, je réalise !

— Pourquoi m'as-tu abandonnée ? dis-je en sanglotant !

— Ce n'est pas ce qui s'est passé…

— Si ! Je me suis endormie et, à mon réveil, tu n'étais plus là !

— Mon organisme a cessé de fonctionner au bout de quelques semaines, mes cellules n'étaient pas suffisamment vaillantes pour assurer ma croissance. Mon départ n'était pas volontaire. Je n'ai rien pu t'expliquer à l'époque, j'étais trop petit. C'est pour cette raison que je t'ai fait venir jusqu'à moi aujourd'hui.

— *Quand tu es parti, j'ai cru que tu ne m'aimais plus !*

— *Pas du tout ! Sache que notre lien est indestructible. J'ai toujours veillé sur toi…*

Ses yeux sont remplis de larmes. Très émue à mon tour par cette révélation, je me lève et le prends dans mes bras. Nous restons un long moment serrés l'un contre l'autre.

— *Je serai toujours là pour toi, ma sœur chérie.*

— *Tu me le promets ?*

— *Oui…*

— *Mission accomplie !* s'exclame l'archange Uriel.

Il reste tout de même un peu anxieux pour la suite. Saura-t-elle faire le lien ?

Vers 5 heures du matin, Marie ouvre les yeux. Elle est en sueur et complètement désorientée.

Elle se rend à la cuisine pour se chercher un verre d'eau. Elle ne comprend pas ce qui la met dans cet état. Ce n'était qu'un rêve après tout !

Subitement, elle sent quelque chose de chaud entre ses jambes. Elle allume la lumière, un liquide rouge coule sur sa peau. Elle a ses règles ! Les premières depuis la mort de Tristan ! Après l'accident, elle avait cessé d'être « une femme ». À la vue du sang, elle éprouve une sensation nouvelle. Quelque chose vient de se remettre en marche dans son corps…

En regagnant son lit, elle se demande si cette relation gémellaire ne serait pas à l'origine de sa rencontre avec Tristan ? Et si elle avait cherché à revivre à travers son mari, sa toute première histoire d'amour ?

La douleur incommensurable éprouvée à la mort de celui-ci ne serait-elle pas l'écho de cette séparation originelle ?

Marie pleure maintenant à chaudes larmes. C'est la première fois qu'elle s'y autorise depuis le drame. Enfin, elle peut accueillir toute sa tristesse… Vidée, elle finit par se rendormir.

Applaudissements au sommet. La première intervention est une réussite !

À mon réveil, les rayons du soleil réchauffent l'appartement et lui redonnent un peu de vie. Je me rends dans la cuisine pour préparer mon petit-déjeuner. Maman doit encore dormir, se dit Sarah.

Shakti la suit en remuant la queue, elle sait que c'est l'heure de son lait. Je découvre des croissants et des bols sur la table, ça sent bon le café !

À ma grande surprise, maman est là. Je n'en crois pas mes yeux ! Même Shakti semble étonnée.

Après m'avoir embrassée, elle me demande ce qui me ferait plaisir cet après-midi : une promenade au jardin du Luxembourg, un cinéma ou bien un spectacle ? Une sortie, chouette !

Après manger, je vais jouer dans ma chambre. Vers 11 heures, maman me prévient qu'elle va au marché faire des courses. Décidément, c'est une journée pas comme les autres…

Hasard ou destinée ?

Le dimanche matin, c'est agréable de se promener dans le quartier.Tous les commerçants sortent leur étal et invitent les passants à goûter leurs produits. Tout est fait pour attirer le client.

Marie, encore troublée par son rêve, sort de son immeuble, habillée en noir. Perdue dans ses pensées, elle ne réalise pas qu'elle se dirige vers le fleuriste de la rue Bosquet.

Marc se sent d'humeur joyeuse ce matin en ouvrant sa boutique. Déjà, la rue grouille de monde.

Des promeneurs s'arrêtent devant chez lui pour admirer ses bouquets de roses. Il a éparpillé des pétales rouges et mis des bougies grenat devant l'entrée de son magasin.

Il faut dire qu'il a particulièrement soigné la décoration de cette ancienne boucherie. Il a reconstitué l'atmosphère des maisons normandes qu'il a connues dans son enfance. Il a mis des briques couleur ocre sur les murs, des poutres en bois patiné au plafond et des tomettes en terre cuite sur le sol. Il a même fait changer sa devanture pour la remplacer par une grande baie vitrée, style serre à l'anglaise.

Ses vases sont pour la plupart en zinc et en céramique gris plomb. Près de sa caisse, il a installé une fontaine en forme de bouddha pour donner un côté plus zen. Un carillon à vent le prévient de l'arrivée de chaque visiteur. Dans le fond, il a aménagé un petit coin cuisine pour préparer un thé ou un café aux clientes qu'il apprécie, cela lui permet de mieux les connaître. C'est passionnant de découvrir la vie des unes, des autres, leurs joies, leurs peines. Pour certaines, il est même devenu un confident. Cela ne le dérange pas, il aime être proche des gens.

Alors qu'il assemble des roses pêches pour Madame Frégier, il sent comme un courant d'air sur son visage. Le carillon de la porte d'entrée sonne, il lève la tête.

— Bonjour, Mada… mmmeeee, dit-il en s'étranglant.

— Bonjour, Monsieur, je voudrais acheter un bouquet de roses Pomponella pour ma petite fille.

— Excellent choix ! dit-il en rougissant. Souhaitez-vous que je vous les emballe dans du papier de soie rouge ou vert ?

— Rouge, s'il vous plaît.

— Vous habitez le quartier, n'est-ce pas ?

— Oui, comment le savez-vous ?

— Je vous croise souvent, rue du Champ de Mars.

Il n'est pas fier de ce petit mensonge…

— Et vous ? lui demande-t-elle poliment.

— Je vis de l'autre côté de la tour Eiffel, rue du Laos. Depuis combien de temps vivez-vous ici ?

— Environ une dizaine d'années. J'aimerais bien déménager mais…, répond-elle les yeux embués.

— Puis-je vous proposer un petit café ou un thé ?

— Un café, merci. Excusez-moi pour…

— Ne vous excusez pas, je comprends !

— Vous comprenez ?

— Je suis au courant pour votre mari…

Elle pâlit.

— Comment ?

— Certains commerçants m'en ont parlé. Votre histoire n'a laissé personne indifférent.

Tout à coup, elle s'assombrit.

— Merci pour le café, dit-elle sèchement.

— J'espère que ces roses plairont à votre fille…, dit-il pour changer de sujet.

—Au revoir, Monsieur !

—Au revoir…

Il a à peine le temps de terminer sa phrase, qu'elle est déjà partie ! « Mince, j'ai dû la froisser, pense-t-il. Je dois absolument trouver un moyen de me faire pardonner. »

Maman vient de rentrer à la maison, un petit bouquet à la main.

— Tiens, ma Sarah, c'est pour toi ! dit-elle en me prenant dans ses bras.

— Maman, pourquoi tu pleures ?

— Ce n'est rien ! Pardonne-moi, ma Sarah…

Tristan pressent qu'un évènement particulier s'est produit dans la vie de sa femme. Bien qu'il souffre un peu moins ces derniers temps, il a régulièrement des angoisses. Il a l'impression qu'il risque de la perdre pour toujours.

Trop préoccupé à s'apitoyer sur son sort, il ne réalise pas tout de suite que l'atmosphère se réchauffe, ni qu'une présence se manifeste derrière lui. En se retournant, il tombe nez à nez avec un bébé qui flotte dans une sorte de voie lactée nacrée. Ce dernier lui parle avec une voix empathique :

— Tristan, tu n'es pas le seul responsable de la dépression de ta femme. Même si ta disparition a été une terrible épreuve, il y a autre chose…

— Que veux-tu dire ?

— J'ai également une part de responsabilité dans son mal-être…

— Comment ça ?

— Ce que je m'apprête à te révéler est très important, j'ai besoin de toute ton attention.

— Je t'écoute.

— En période d'ovulation, une femme peut fabriquer plusieurs ovules, comme chez les mammifères. Si elle a un rapport sexuel, plusieurs pourront être fécondés et donner naissance, par la suite, à des jumeaux.

— Oui, j'en ai déjà entendu parler…

— La plupart des gens ignorent qu'une grossesse sur huit est gémellaire.

» Il arrive fréquemment qu'un des deux embryons meure rapidement après la conception. Il est généralement expulsé par voie naturelle, sans que la future mère ne s'en aperçoive.

» Quoi qu'il en soit, dès le début de la gestation, une relation très forte se tisse entre les deux. Très vite, ils dépendent l'un de l'autre. L'amour qu'ils partagent est unique et plus fort que tout.

» Chacun se sent exister à travers l'autre. Ils ne connaissent pas le sentiment de solitude. Ils ne font qu'un.

» Lorsque l'un des deux ne survit pas, celui qui reste connaît une grande souffrance. Il l'enfouira au plus profond de lui pour surmonter cette séparation. Néanmoins, il cherchera toute sa vie à recréer ce lien fusionnel dans ses relations affectives.

— Pourquoi donc me raconter tout cela ?

Ses yeux se voilent de tristesse.

— Eh bien, je suis le frère jumeau de ta femme. Malheureusement, je n'ai pas pu l'accompagner jusqu'à sa naissance, mes cellules ne fonctionnaient pas normalement. Si j'étais né, il est probable que vous n'auriez jamais pu vivre votre histoire d'amour. Les jumeaux étant intimement liés, leur relation laisse peu de place à un tiers.

» Si Marie ne s'est jamais remise de ton décès, c'est parce que ta disparition a réactivé la mienne, décuplant ainsi sa souffrance.

Je me sens soulagé par ses explications même si elles me semblent un peu « tirées par les cheveux ».

— Ce qui voudrait dire que je ne suis pas le seul fautif de sa descente aux enfers ?

— Exactement ! La vie obéit à ses propres règles de fonctionnement. Tout ce que nous pouvons faire en pareil cas, c'est trouver un sens à ces évènements afin de les traverser le moins péniblement possible.

— Je vois… J'aimerais tant pouvoir l'aider ! Que puis-je faire ?

— Rien ! Chacun doit faire son bout de chemin…

— Je ne supporte pas de rester passif !

— L’essentiel est que tu sois en paix. Ainsi, il te sera plus facile de la laisser vivre sa vie sans toi. C’est le plus beau cadeau que tu puisses lui faire.

— Je ne vois pas comment je pourrais l'être.

— C’est juste une question de temps. Aie confiance…

Un jour pas comme les autres

Mercredi 27 novembre

C'est l'anniversaire de maman aujourd'hui. Elle ne travaille pas le mercredi, l'école étant fermée.

Shakti ne cesse de tourner autour de mes jambes, complètement surexcitée. Elle miaule sans arrêt, comme si elle pressentait quelque chose.

Depuis peu, le comportement de maman a changé. Elle est plus attentionnée, me parle davantage. Tous les soirs, elle me lit même une histoire !

Quelqu'un sonne à l'interphone. Maman répond et ouvre la porte du hall d'entrée. Apparemment, il s'agit d'un coursier.

Shakti attend devant la porte en remuant la queue. On frappe discrètement, maman reste méfiante en entrebâillant la porte.

— Une livraison pour Madame Langlois, dit l'homme en lui présentant un énorme bouquet de roses rouges.

— Qui t'envoie ces fleurs, maman ?

— Je ne sais pas…

Une enveloppe blanche est agrafée sur le papier d'emballage. Les larmes aux yeux, elle se retourne pour l'ouvrir.

« Pardon de vous avoir blessée dimanche dernier... Accepteriez-vous une invitation à dîner ? » signé : Marc le fleuriste.

Soudain, elle lâche le bouquet et se réfugie dans le salon. Je ne comprendrai jamais les grands !

L'archange Gabriel, dont le prénom signifie « messager de Dieu » en hébreu, réunit une dernière fois les anges qui lui ont été affectés. Chacun prépare soigneusement son matériel, il ne faudrait pas compromettre cette partie de la mission. Ils sont légèrement nerveux, leur formation a été très succincte... Ils décident d'en toucher deux mots à l'archange.

— *Faites-le avec le cœur et laissez-le vous guider,* leur répond-il d'un ton rassurant.

Les anges ne sont pas certains de tout comprendre ! Cependant le temps presse, ils n'ont plus le loisir de réfléchir...

Depuis la mort de Tristan, chaque anniversaire était éprouvant pour Marie.

Aujourd'hui c'est un peu différent, elle a le sentiment de moins souffrir. Serait-elle en train de l'oublier ou, est-ce le début de sa guérison ? Une partie d'elle connaît la réponse.

Quant à l'invitation du fleuriste, peut-elle l'accepter ? Tout compte fait, elle le connaît à peine !

C'est décidé, elle va la refuser et lui retourner immédiatement son cadeau ! Au moment de partir, ses jambes refusent d'avancer, ses pensées se bousculent dans sa tête... Et si elle avait peur de s'attacher à nouveau ? Peur de ressentir du désir pour un autre homme, peur d'être aimée ou d'aimer tout simplement ?

Malgré sa loyauté, elle ne peut nier son attirance pour Marc et, à vrai dire, elle brûle d'en savoir davantage sur lui...

À quelques encablures de là, Marc tourne en rond dans sa boutique.

J'ai osé ! Je suis fier de moi, même si je suis un peu angoissé.

Comment va-t-elle réagir ? Il serait peut-être plus sage de me préparer au pire. 10 heures 17, elle a dû le recevoir. Je vais me faire un petit café pour m'occuper l'esprit.

Quelques secondes plus tard, le carillon de la porte d'entrée retentit.

— Bonjour, Monsieur ! Je suis venue vous rendre ceci ! dit Marie en jetant le somptueux bouquet sur l'établi.

Puis, telle une furie, elle déguerpit.

Il savait que son geste était risqué, mais de là à recevoir un tel rejet ! Malgré sa déception, il doit se rendre à l'évidence : aucune relation n'est possible avec cette femme-là ! Mieux vaut laisser tomber, sinon, il risque d'être malheureux…

Les anges, témoins de la scène, sont contrariés. La réaction de Marie pourrait rendre leur tâche plus compliquée que prévu. L'incertitude monte au sein du groupe.

L'archange Gabriel, qui se souvient des paroles de l'archange Raphaël, rappelle à chacun la règle d'or :

— Chers compagnons, en aucun cas, nous ne devons influencer Marie dans sa vie amoureuse ! Faites de votre mieux et gardez la foi !

» Notre implication doit être sans faille même si tout ne dépend pas que de nous.

Ces paroles apaisent les anges et leur redonnent du courage. Maintenant ils sont prêts !

Tremblante, Marie regagne son appartement. Elle s'en veut. Il faut dire que sa réaction fut disproportionnée par rapport à la situation. Ce n'était qu'une invitation ! Elle ne lui a même pas laissé une chance de s'expliquer... Elle s'est sauvée comme une voleuse après lui avoir balancé ses roses à la figure.

Pour éviter de ressasser, elle se rend dans sa cuisine pour préparer le déjeuner. Sarah s'est installée sur la table pour dessiner.

Curieuse, elle jette un coup d'œil discret sur le dessin de sa fille. Elle découvre un homme et une femme tenant une petite fille par la main, au milieu d'un champ de fleurs roses et blanches.

— C'est pour toi, maman, joyeux anniversaire !

— Merci, ma chérie, lui répond Marie très émue.

— Qui t'a offert les roses, maman ?

— Le fleuriste.

— Il est amoureux de toi, on dirait !

— Tu as trop d'imagination ! Aide-moi plutôt à mettre le couvert et après le déjeuner, j'irai me reposer. Si tu veux, tu pourras regarder un dessin animé pendant ce temps-là.

— Oui ! *Barbie et le secret des sirènes* !

Une fois la cuisine rangée, Marie s'allonge dans son canapé et s'assoupit.

Or-Ange

Je suis face à l'entrée de la forteresse de Port-Mahon dans les Catacombes de Paris. C'est la réplique miniature de celle qui se trouve sur l'île de Minorque, aux Baléares. J'ai dû rapetisser, en temps normal elle mesure à peine un mètre, en déduit Marie.

Tandis que j'essaie de trouver une explication cohérente, l'immense porte d'entrée s'écarte lentement, laissant apparaître une lumière orangée comparable à celle d'un coucher de soleil.

Des senteurs de fleurs d'oranger m'attirent à l'intérieur. J'avance comme hypnotisée, sur un chemin de pétales de pavot orange.

J'arrive dans une pièce très spacieuse. Des coussins recouverts de soierie, ornés de tourmalines, topazes et autres pierres semi-précieuses, sont disposés ici et là. Des photophores dorés placés en cercle agrémentent harmonieusement l'ensemble. Un matelas en tissu est posé à même le sol, entouré de quelques fioles au liquide ambré. Leur parfum est enivrant.

On dirait que tout est fait pour l'éveil des sens. Je m'allonge pour savourer pleinement ce moment.

J'entends un bruit semblable à un froissement d'ailes. Mes paupières sont tellement lourdes que je peine à ouvrir les yeux. Une petite voix intérieure me dit de lâcher prise, que je suis en sécurité.

Depuis le décès de mon mari, j'éprouve le besoin de tout contrôler dans ma vie, cela m'épuise. Ici, je me sens en confiance. Je perçois des présences bienveillantes. Mes vêtements me sont retirés un à un respectueusement. Je suis recouverte d'un plaid soyeux.

Quelques minutes plus tard, on me verse de l'huile chaude sur le corps. C'est comme une caresse sensuelle sur ma peau. Sa texture me rappelle celle que nous utilisions avec Tristan.

Je me souviens bien de l'intensité de notre dernier massage quelques jours avant sa disparition. Depuis, personne ne m'a touchée…

De lents mouvements démarrent au niveau de mes pieds, puis remontent le long de mon corps. Je ne suis pas certaine que ce soit des mains, le contact est bien trop délicat. J'ai la sensation d'être massée avec le cœur…

Progressivement mon corps se réveille. Je ressens comme des fourmillements de part et d'autre. Bientôt des picotements dans mon bas-ventre font naître en moi une déferlante de plaisir. Je me tends vers le ciel et pousse un cri animal !

Les anges laissent éclater leur joie. Quelle belle résurrection !

Ils se félicitent en se serrant fort avec leurs ailes. Ils fêteraient bien l'événement en buvant une petite coupe de champagne céleste, mais l'archange Gabriel risquerait de ne pas trop apprécier.

Il est temps pour eux de repartir. Rien n'est encore gagné…

Jeudi 28 novembre

Il est 6 heures lorsque Marie se réveille. Il fait encore nuit. Elle se rend dans la chambre de Sarah pour s'assurer que tout va bien. La petite fille dort paisiblement avec Shakti.

Elle réalise que son corps est courbaturé. Un bain chaud lui ferait le plus grand bien.

Elle adorait faire l'amour avec Tristan. Leur complicité s'exprimait librement dans ces moments-là. Ils avaient une sexualité épanouie et ne se lassaient jamais l'un de l'autre. Son accident y avait mis un terme. Depuis plus rien, par fidélité…

En s'interdisant de recevoir de l'amour, comment peut-elle en donner à sa fille ? Non vraiment, elle n'est pas une bonne mère ! se dit-elle en cachant ses yeux avec ses mains.

De nouveau, la même petite voix intérieure lui dit avec tendresse :

« Sèche tes larmes… Tu as fait ce que tu as pu dans cette terrible épreuve. Ne sois pas trop dure avec toi. Il n'y a pas de parent parfait. La perfection n'est pas de ce monde. Quelles que soient tes erreurs, considère-les comme des expériences et, tires-en le meilleur enseignement.

» Reviens chez toi, là où ton cœur bat. Laisse l'amour circuler à nouveau en toi. Continue à te battre pour toi et Sarah. Quand l'amour est dans le cœur, la paix n'est jamais bien loin car elle le suit comme son ombre. »

Ces mots agissent sur elle tel un baume. En sortant du bain, elle prend conscience des choses étranges qui lui sont arrivées dernièrement, comme sa rencontre avec Marc, par exemple. Rien que d'y penser, son pouls s'accélère…

Quelques secondes plus tard, une idée lumineuse lui traverse l'esprit.

Il est 7 heures 30. C'est l'heure pour Sarah de se lever. Après s'être habillée, elle rejoint sa mère dans la cuisine. Elle lui a préparé son petit-déjeuner avec, en prime, un jus d'orange fraîchement pressé.

Dès qu'elle voit sa fille, Marie la prend dans ses bras pour l'embrasser comme du bon pain. Elle la remercie de l'avoir laissée dormir si longtemps. Sarah regarde attentivement sa mère, elle a bonne mine ce matin ! Ses cheveux sentent étonnamment bon l'orange…

— Tu crois qu'on s'est fait repérer ?

— Je ne pense pas…

— Si l'archange Gabriel apprend que cette idée vient de nous, il nous tirera les ailes !

— Mais non, t'inquiète ! Nous lui avons juste montré la voie…

— Si elle va jusqu'au bout, on risque d'avoir un gros problème dans les ténèbres.

— Il faudra bien que Tristan passe par là…

— Laissons l'archange Jophiel prendre le relais. Nous avons fait notre part !

— Tu as raison…

Tarte à l'orange

Pour réaliser une excellente tarte, procurez-vous de belles oranges bien juteuses, gorgées de soleil, ayant été récoltées par des fées. Ajoutez-y beaucoup d'amour, sans oublier quelques grammes de joie. Votre pâte sera bien plus croustillante si vous la faites cuire sous un ciel étoilé. Inutile d'y introduire une bague pour vous faire épouser. L'idée, déjà testée par Peau d'âne, manquerait d'originalité ! Écrivez plutôt quelques mots à la plume sur le fond de tarte et garnissez-le généreusement d'une crème pâtissière parfumée à la fleur d'oranger. Saupoudrez le tout de paillettes irisées. Faites un vœu et servez-la tiède, à votre bien-aimé…

Inattendue

Samedi 30 novembre

J'émerge doucement de mon sommeil. J'ai le souvenir d'une ravissante nymphe aux yeux bleu lavande dont la chevelure blonde ondulait gracieusement sur ses épaules.

Pour quelle raison m'a-t-elle donné cette pierre violette en forme de cœur ? se demande Marc.

Je sens que ce rêve est porteur d'un message de première importance, mais lequel ? Plus le temps de rêvasser, je dois ouvrir ma boutique. Le samedi est une très bonne journée pour les affaires.

Pourtant, je resterais bien un peu au lit ce matin... Mon appartement est très agréable, il bénéficie d'une belle lumière traversante. De ma chambre, j'ai une vue imprenable sur la tour Eiffel.

Lorsqu'il s'est installé ici, Marc a fait poser dans chaque pièce un parquet en chêne massif, de couleur miel. Tous les murs ont été repeints dans les tons crème et chocolat. Des meubles en bois naturel ainsi que des rideaux en lin de couleur sable, égayent l'ensemble. Il a acheté de grands et beaux tapis mœlleux pour le salon et les chambres. Pour la décoration, il s'est contenté d'objets chinés lors de ses voyages en Birmanie et à Bali.

Habituellement, il médite le matin avant de partir travailler, sauf les jours où il se rend à Rungis.

C'est au cours de son voyage au Bhoutan, 7 ans plus tôt, qu'il fut initié à cette pratique. Dès lors, il commença sa quête spirituelle. Aujourd'hui, il accepte davantage les choses comme elles sont et non plus comme il aimerait qu'elles soient. Il fait plus confiance à la vie et se laisse guider par son intuition, en accord avec ce qu'il ressent.

Il a peu d'amis. Ce n'est pas un problème, il apprécie sa compagnie. Il goûte avec plaisir ses moments de solitude. Il n'a plus besoin des autres pour se sentir important. Globalement, il est heureux.

En sortant de la douche, il songe à la réaction de Marie mercredi dernier. Il est perplexe. Malgré tout, il conserve son optimisme car c'est dans sa nature.

Pour la première fois depuis longtemps, Marie fredonne dans sa cuisine. Elle est seule ce week-end, Sarah est partie chez sa copine Camille.

Elle en a profité pour sortir ses ustensiles de pâtisserie. Du temps où son mari était vivant, elle aimait faire des tartes aux fraises, des crumbles aux abricots et bien d'autres petites douceurs. Sans oublier ses fameuses confitures ! Tristan venait souvent mettre son nez au-dessus de la bassine cuivrée pour se délecter des odeurs lui rappelant ses vacances chez ses grands-parents.

Malgré sa tristesse, elle commence à percevoir que le chemin du deuil n'est pas de rester dans le déni mais, d'apprendre à vivre avec le manque. Les grands traumatismes laissent des cicatrices qui finissent par se refermer avec le temps.

Accepter de vivre sans Tristan, c'est se donner la chance d'ouvrir son cœur à autre chose, à quelqu'un d'autre, sans pour autant tout oublier ou faire comme si rien ne s'était passé.

Bien que tout ne soit pas encore très clair, des lueurs s'allument au fur et à mesure dans sa conscience.

Il lui faut réunir tous les ingrédients nécessaires pour sa tarte à l'orange ! C'est une grande première, d'autant que cette recette est un peu particulière. Elle espère n'avoir rien perdu de sa dextérité.

Shakti, grimpée sur le plan de travail, se demande quel peut bien être tout ce remue-ménage et ce que Marie écrit à la plume…

Une fois la précieuse tarte dans le four, elle disparaît dans la salle de bain.

— Bonjour, Madame Legendre, comment allez-vous ?

— Bonjour, Marc, je vais bien merci !

— Qu'est-ce qui vous ferait plaisir ?

— Un bouquet de roses « High Hopes » s'il vous plaît. Elles sont adorables !

— Puis-je vous offrir un thé ? J'ai de délicieux macarons de chez Ladurée…

— Merci, Marc, une autre fois peut-être. J'ai rendez-vous dans dix minutes chez mon coiffeur.

Marc emballe soigneusement le bouquet de roses abricot avec du papier de soie orange.

— Merci beaucoup ! Mettez-le sur mon compte…

— Entendu, Madame Legendre. Je vous remercie de votre visite et vous souhaite un bon week-end.

Au moment où elle franchit le seuil du magasin, une autre personne se présente devant lui.

— Bonjour, Marc, dit Marie d'une voix hésitante.

— Bonjour, Marie…

Un long silence s'installe entre eux. Elle est d'une beauté à couper le souffle dans sa tenue qui lui donne l'air du petit chaperon rouge.

Il ne s'attendait pas à une telle apparition. Il aimerait dire quelque chose d'intelligent, aucun mot n'arrive à sortir de sa bouche !

Elle tient dans ses mains un plat rond, entouré d'un torchon aux motifs rouge orangé, d'où s'échappe une délicieuse odeur.

— Que puis-je pour vous ? bafouille-t-il.

— Rien… Je vous ai apporté une tarte à l'orange pour me faire pardonner.

— Vous faire pardonner ? Mais de quoi ?

— De ma réaction l'autre jour…

— C'est du passé ! J'ai bien compris que vous n'aimiez pas les roses rouges. Je le saurai pour la prochaine fois ! lui répond-il avec un large sourire. Elle sent divinement bon, cette tarte. Si nous la goûtions ?

Marie, qui sent son cœur s'emballer et le rouge lui monter aux joues, hésite. Ce premier pas est difficile pour elle… Que risque-t-elle, après tout ?

Au même moment, une tempête se lève dans les limbes. Tristan qui vient d'assister à la scène en direct de l'au-delà se sent trahi.

Comment la femme qu'il aime peut s'intéresser à un autre homme que lui ? Comment peut-elle ainsi bafouer leur amour ?

Une voix grave émerge des ténèbres et le fait sursauter.

— Contre qui es-tu en colère ?

— Contre eux ! hurle-t-il sans réfléchir, en se tournant vers la terre.

— Contre qui es-tu vraiment en colère ? réitère la voix.

Il ne comprend toujours pas la question.

Contre qui es-tu… ?

Tristan n'entend plus rien, tout se met à tourner autour de lui. Il ne peut plus se voiler l'âme.

— Je suis en colère contre moi ! Furieux de ne pas avoir été assez fort pour survivre à cet accident, d'avoir abandonné ma femme enceinte, d'avoir choisi de rentrer en scooter ce soir-là. Je suis fou de rage d'avoir travaillé si tard et d'avoir pris cet itinéraire. Je me sens désarmé face à la dépression de ma femme, frustré de ne pas pouvoir serrer ma petite fille dans mes bras, responsable et coupable de leur malheur. Je suis un monstre !

— Tristan… Tu as le droit d'être en colère, c'est une émotion très saine en pareille circonstance. Par contre, l'entretenir n'est utile en rien, ni à personne. Elle génère une énergie négative qui altère tes pensées et t'empêche de panser tes blessures.

» Aujourd'hui tu as le choix : soit tu la laisses gagner et elle te maintiendra prisonnier de ce monde, soit tu acceptes de la lâcher pour te libérer. Sache qu'elle pollue le lien d'amour qui existe entre vous tous.

» Or, le véritable amour, c'est permettre à l'autre d'avancer librement sur son chemin.

Cette dernière phrase s'abat sur Tristan tel un couperet.

Les êtres célestes énoncent toujours des vérités, ils savent bien que les mensonges sont des poisons. Ils vont droit au but pour transmettre leurs messages, surtout quand il est question de la survie de l'humanité.

Tristan, loin de se douter de la mission qui pourrait bientôt lui être proposée, commence à admettre le bien-fondé de ces paroles.

La voix poursuit sans complaisance :

— Ta colère est le masque posé sur ta culpabilité. Elle t'évite d'être en contact avec ton émotion originelle. Si tu réussis à entrer en contact avec elle et que tu la transcendes, tu pourras te pardonner et trouver la paix.

Prenant son courage à deux mains, il ose se regarder en face.

Immédiatement, le mot SOUFFRANCE parvient jusqu'à lui et le transperce. La douleur est insupportable ! Il a à peine le temps de comprendre ce qui lui arrive que déjà, elle le happe violemment. Il ne peut lui résister…

Un flot incessant de larmes de lumière se répand maintenant dans les ténèbres.

Pendant que Marie inspire profondément pour répondre à Marc, un sentiment de légèreté envahit son cœur. Comme par magie, elle se sent libérée d'un fardeau. Un lien invisible vient de se détacher d'elle… Elle pense furtivement à Tristan. Que dirait-il de cette situation ? Mieux vaut le chasser de son esprit, il n'est plus là...

— Si vous voulez, dit-elle timidement.

— Parfait ! Je vais nous faire du thé.

Pendant ce temps-là, Marie entreprend de couper la tarte et de la servir.

— Bon appétit ! dit-elle en souriant.

Elle semble enfin se détendre...

Après quelques bouchées, les mots inscrits dans le fond de la tarte commencent à leur faire de l'effet.

Au beau milieu de leur discussion concernant le métier de fleuriste, une lumière blanche sort du corps de Marc et se dirige vers Marie. Après l'avoir traversée, leurs âmes s'élèvent dans le ciel pour rejoindre une prairie clairsemée de cosmos roses et blancs.

— Marie, je vois ta beauté intérieure. Ici, nous ne pouvons pas tricher. Je sais à quel point tu as souffert ces dernières années, je compatis !

» Je t'aime et souhaite de tout mon cœur vous rendre heureuses, Sarah et toi. Tu es la femme que j'attendais. Laisse-moi prendre soin de vous.

» Aie confiance en nous, mon amour, je suis là ! Puisses-tu accepter que le soleil brille à nouveau dans ton cœur. Avançons ensemble, à ton rythme, sur le chemin de la vie.

— Marc, tes mots me touchent infiniment. J'ai traversé une terrible épreuve. J'apprécie le courage dont tu fais preuve en me dévoilant tes sentiments. De mon côté, j'ai encore besoin de temps pour m'ouvrir à l'amour.

» Je ressens quelque chose de fort pour toi. Toutefois, c'est difficile pour moi de l'accepter, j'ai tellement aimé mon mari… Je ne peux rien te promettre.

— Je comprends. Je saurai être patient…

Le tintement du carillon les ramène brusquement à la réalité ! Ils se regardent avec étonnement…

Marie, profitant de l'arrivée d'une cliente, s'esquive.

— Au revoir, Marc, et merci pour le thé…

— Au revoir, Marie. À bientôt…

De retour chez elle, Marie jette un œil dans le miroir du salon. Elle ne se reconnaît plus. Que signifient tous ces changements, ses rêves ? Sa rencontre avec Marc est-elle due au hasard ?

Et si tout cela faisait partie d'un mystérieux processus de guérison ?

Il est vrai qu'elle va mieux bien que parfois, elle ressente de la tristesse. Elle se doute qu'elle n'a pas toujours été une bonne mère.

Sa petite voix intérieure l'interrompt dans ses pensées :

« Tu as le droit d'être triste, Marie ! Sois certaine que tu as fait ce que tu as pu dans cette situation. Les regrets ne servent à rien, le passé appartient au passé. Sarah s'en est bien sortie malgré tout.

» Seul le présent compte ! Pardonne-toi, la maman parfaite n'existe pas. Marche la tête haute et regarde devant toi, la lumière est au bout du chemin. Peu importe où il te conduira. L'essentiel, c'est l'enseignement que tu retires. Tu es une belle personne et de surcroît, très courageuse. Tu mérites d'être heureuse ! Aie confiance… »

Marie, réconfortée par ce message, s'allonge sur son canapé. Shakti, qui l'observait discrètement dans l'entrebâillement de la porte, grimpe sur son ventre. Ses ronronnements l'entraînent rapidement dans une sieste réparatrice.

Le rocher d'Or

L'archange Jophiel, qui veut dire « beauté de Dieu » en hébreu, vient de recevoir un signal en provenance du sommet. Lui et son équipe seront les prochains à intervenir. Il compte notamment sur la participation de Shakti pour mener à bien son plan.

Si Marie échoue, tout le reste de la mission risque d'être compromis. C'est donc une lourde responsabilité qui pèse sur ses ailes. Il préfère ne pas y penser pour rester concentré.

Il donne les dernières instructions pour cette troisième phase et invite les anges à entrer dans l'inconscient de Marie.

J'avance péniblement dans le passage des doubles carrières qui précède l'entrée de l'ossuaire. Le plafond voûté est constitué de roches calcaires, les murs sont éclairés par des lumières jaune doré.

Le sol se transforme rapidement en sables mouvants sous mes pieds. Je m'y enfonce de plus en plus ! La panique s'empare de moi. J'appelle à l'aide ! Personne ne m'entend.

Je vais mourir ici, ensevelie par cette masse molle et glaciale. Je me débats tant que je peux, en vain. Je pense à Sarah. Que va-t-elle devenir sans moi ?

Je sens la mort s'approcher de moi, j'ai de plus en plus froid ! Je n'arrive plus à respirer, ma tête est entièrement recouverte de sable. Incapable d'y échapper, l'acceptation est mon dernier refuge. J'abandonne…

Mes derniers mots sont pour ma fille. « Adieu, ma chérie, je t'aime de tout mon cœur. »

Cette phrase me fait l'effet d'une décharge électrique ! Sa puissance est telle qu'elle me fait basculer vers l'arrière. Je me retrouve la tête à l'envers, du sable plein les narines, prisonnière d'un sablier géant qui ne tarde pas à se retourner. Un passage s'ouvre en dessous de moi, je tombe dans le vide ! Effrayée, je m'évanouis…

Lorsque je reprends connaissance, je suis allongée dans un désert. Il fait jour. Dans le ciel doré, je distingue 7 sphères jaunes de la taille d'une lune qui semblent me regarder.

Je suis pieds nus. Je porte une simple tunique saharienne. Mes cheveux sont blonds. Un vent léger se lève, dessinant un chemin dans le sable. À peine ai-je fait quelques pas que le vent les efface déjà. Ma petite voix intérieure me murmure :

« Sous la caresse du vent chaud, le sable est sans mémoire. Le passé disparaît. Le désert est le lieu propice à l'abandon des comportements obsolètes, il favorise le

retour des sentiments authentiques et la réhabilitation des instincts naturels. Le mental peut alors lâcher prise pour laisser la place à la vérité du senti. Débarrasse-toi des chaînes qui t'entravent et qui t'empêchent d'être libre ! Cesse de résister à ton destin. Plus tu l'acceptes, plus il te porte !

» Fais confiance à la vie et laisse ton passé derrière toi. Ouvre ton cœur, le bonheur n'est plus très loin. »

Ces mots agissent en moi tel un feu purificateur. Je sens une forte chaleur au niveau de mon plexus solaire.

Au détour d'une dune, je tombe nez à nez avec Shakti.

– Que fais-tu là, toi ?

– Je t'attendais, Marie, suis-moi !

– Tu parles ?

– Dans le monde des rêves, tout est possible ! Viens, nous n'avons pas de temps à perdre…

Je la suis, comme tirée par une corde invisible. Nous avançons en silence. La nuit commence à tomber. Les dunes dorées se transforment bientôt en blocs de glace. Il fait très froid ! Il nous faut impérativement trouver un abri pour la nuit. Subitement un gigantesque rocher recouvert d'or surgit devant nous. Prudemment, nous nous en approchons pour en faire le tour.

Shakti semble chercher quelque chose… Quand elle s'arrête, elle me fait signe de m'agenouiller. Je suis transie. Après quelques secondes d'attente, la paroi du rocher s'ouvre dans un grondement sourd, laissant apparaître une fente verticale.

— Entre, Marie, je t'attends ici, dit Shakti d'un ton qui ne permet pas la contestation.

La température descend si vite que mon instinct me pousse à pénétrer dans cette cavité minérale. Une fois de l'autre côté, je suis immédiatement plongée dans la pénombre. La roche se met à trembler. Je perds l'équilibre et me retrouve plaquée contre une espèce de membrane gluante. Pétrifiée, j'essaye de m'en décoller. Impossible !

Du regard, je cherche une échappatoire, je n'en vois aucune. Je distingue dans un coin une masse sombre de grande taille composée de lambeaux de chair et de caillots de sang. Cette vision me donne la nausée. On dirait un embryon géant putréfié ! Une sorte de nuage noir s'en détache et se dirige dangereusement vers moi. Si je reste là, il va m'anéantir ! Je n'ai pas d'autre choix que de l'affronter. Je le somme de s'arrêter, il continue sa progression !

— N'aie crainte ! C'est moi, ton jumeau, dit-il d'un ton familier.

— Va-t'en, tu me dégoûtes !

— Je ne te veux aucun mal, j'ai seulement besoin de ton aide.

— De mon aide ? dis-je, interloquée.

— Oui. Mon âme est encore reliée à toi énergétiquement, je ne peux continuer librement mon chemin dans la lumière.

Je réalise que ce que j'avais perçu comme un danger n'était en réalité qu'un appel au secours. Peu à peu je recouvre mes esprits.

— Qu'attends-tu de moi ? dis-je avec plus de douceur.

— Que tu coupes le lien qui nous entrave.

— Comment ?

— Fais-toi confiance, tu vas trouver. Ferme les yeux et concentre-toi…

Une minute plus tard, je sens quelque chose de froid dans ma main. Ce sont des ciseaux !

— C'est bien, continue…

Je tente de visualiser ce qui nous relie. Je perçois une sorte de fil jaune éthéré. Instinctivement, je le coupe.

Une intense lumière blanche jaillit sous mes pieds, éclairant l'intérieur du rocher qui aussitôt se désagrège. Le nuage noir s'évapore. L'embryon se dégonfle, tel un ballon de baudruche d'où s'échappe un nuage doré. Il s'élève dans le ciel pour rejoindre les 7 sphères, saupoudrant au passage une pluie de paillettes couleur or. Je ferme les paupières et tends mon visage pour mieux les sentir.

Dès que j'ouvre les yeux, je réalise que le décor a changé. Je suis dans un champ de boutons d'or. Shakti est à mes côtés et poursuit joyeusement de petits lapins blancs dans les hautes herbes.

Je marche sereinement, la paume des mains ouvertes et le cœur confiant. L'avenir me paraît désormais plus clément.

Dans un autre espace-temps, une âme, à mi-chemin entre les limbes et la lumière, sent qu'un lien invisible vient de se dénouer…

Des milliers d'étoiles se mettent à scintiller autour d'elle et forment un chemin incandescent. Osera-t-elle s'y aventurer ?

L'archange Jophiel et son équipe regagnent péniblement leur quartier général. Ils ont fait de leur mieux. L'archange Raphaël les félicite à leur arrivée. Néanmoins, le plus dur reste à faire…

Les madeleines de Marie

Dimanche 1er décembre

Il est 17 heures lorsque Sarah revient de chez Camille. Elle est toute contente de retrouver Shakti. Sa chatte lui manque terriblement quand elle ne dort pas à la maison. En arrivant chez elle, elle rejoint sa mère dans la cuisine.

— Bonjour, ma chérie ! lui dit Marie en lui faisant un gros câlin.

Sarah, peu habituée aux élans de sa mère, remarque immédiatement qu'elle est entourée d'une sorte de halo doré. Elle interroge Shakti du regard, l'air de dire : « Que se passe-t-il dans cette maison ? »

— J'ai préparé des madeleines et du chocolat chaud pour le goûter, tu en veux ?

C'est la première fois que maman me fait des madeleines. J'aime bien leur jolie couleur miel et leur petit bedon bien rond. Elles sont si appétissantes que je me jette dessus, ce qui fait sourire maman.

Je profite de ce qu'elle range nos tasses dans le lave-vaisselle pour en chiper quelques-unes. Je les emballe discrètement dans une serviette en papier et file les cacher sous mon lit. J'ai un plan…

Je raconte à maman mon week-end chez Camille. Elle m'écoute avec attention et rigole même de nos petites bêtises. C'est rare de la voir ainsi !

En fin de journée, elle me fait couler un bain. En temps normal, je me débrouille toute seule.

Je rentre dans l'eau, ça sent drôlement bon ! Maman y a versé des sels de bain parfumés au citron. Shakti grimpe sur le rebord de la baignoire pour faire sa toilette. Nous restons là toutes les deux un long moment.

J'ai l'impression que maman est plus détendue ces derniers jours, elle parle même de changer de travail. J'aimerais bien qu'elle soit pâtissière. Je l'imagine réalisant d'énormes gâteaux à la crème comme ceux d'Alice au pays des merveilles.

En sortant de la salle de bain, je rejoins maman au salon.

— Sarah, que dirais-tu d'un petit massage ce soir ?

— Tu sais masser ?

— Oui, j'ai appris avec ton papa.

— Maman, raconte-moi quelque chose sur lui…

Auparavant, cela lui faisait de la peine de parler de Tristan. Aujourd'hui c'est plus facile.

Marie inspire profondément.

—Ton papa était un cadeau de la vie. Nous étions très heureux ensemble.

— Il me manque tant !

— À moi aussi, ma chérie… Nous devons rester fortes, je suis certaine qu'il veille toujours sur nous…

— Comment peut-il veiller sur nous, puisqu'il n'est plus là ?

— Chaque être humain possède une petite flamme éternelle dans son cœur et lorsqu'on meurt, elle quitte notre corps pour rejoindre les étoiles.

— Est-ce que c'est son âme ?

— Oui, on peut le dire comme cela…

Quand deux personnes s'aiment, l'âme de l'une se mélange avec celle de l'autre pour tisser un lien d'amour qui peut durer très longtemps. Ce qui est le cas pour ton papa et moi. Avec toi c'est pareil, car tu es le fruit de notre amour.

— Ça veut dire que papa m'aime aussi ?

— Évidemment !

— Pourtant il ne me connaît pas !

— C'est vrai. Il était vivant quand j'étais enceinte de toi et je peux t'assurer qu'il t'aimait. Il te parlait longuement à travers mon ventre en t'appelant « son petit trésor ». Il adorait mettre ses mains sur moi pour mieux te sentir.

Sarah, blottie dans les bras de sa mère, pousse un soupir de soulagement.

— Maman, je t'aime, tu sais.

— Moi aussi, ma Sarah… Allons dîner ! Ensuite je te ferai un massage.

Main dans la main, elles se rendent à la cuisine où les attend un repas composé d'une soupe de légumes et de riz au lait fait maison. Shakti les suit en remuant la queue et en se léchant les babines.

Une fois Sarah couchée, Marie s'installe dans le salon et allume une bougie dorée en se remémorant son dernier rêve.

La relation avec son frère jumeau l'intrigue. Cette histoire est-elle vraie ? Qu'importe, elle a réellement ressenti de la peur en sa présence. Et si sa volonté de tout contrôler venait de cette crainte d'être anéantie par l'autre ? Depuis toujours, elle vivait sur ses gardes, croyant que tous les êtres humains sont dangereux.

Excepté Tristan ! Avec lui, elle réussissait à lâcher prise de temps en temps. Après l'accident, sa souffrance fut telle qu'elle se jura de ne plus jamais tomber amoureuse. Ainsi naquit en elle la croyance « aimer = souffrance ». Sa petite voix intérieure lui dit alors :

« Ta croyance n'est pas la réalité. C'est ce que tu as cru après ce violent traumatisme. Depuis, tu l'entretiens inconsciemment. Sache que ce n'est pas parce qu'un chien te mord une fois qu'il recommencera ou que tous les chiens sont dangereux. C'est ton mental qui te maintient dans la peur. Ce qui a eu lieu dans ton passé n'est plus d'actualité. Aujourd'hui tu as le choix : soit tu la fais perdurer, soit tu l'abandonnes. »

Ces paroles confortent Marie. Entendre qu'elle peut choisir lui procure un réel sentiment de liberté. Sentant l'espoir renaître dans son cœur, elle réussit à s'endormir tranquillement.

Cette nuit-là, elle ne fit aucun rêve.

Lundi 2 décembre

Il est 16 heures 30, l'école est finie. Maman me laisse rentrer seule à la maison, je suis grande maintenant. Je suis accompagnée par d'autres enfants qui habitent le quartier. Dans la rue Cler, c'est l'effervescence. Noël approche. Les vitrines sont décorées de guirlandes lumineuses et de boules de toutes les couleurs.

J'aime ces préparatifs, mais je suis toujours un peu triste à cette période. Jusqu'à présent, maman allait tellement mal que nous ne fêtions pas ce jour-là.

Je dépasse la rue où j'habite pour me rendre chez le fleuriste. En arrivant devant sa boutique, je lis l'inscription « Au Cœur des Anges » au-dessus de la porte d'entrée. Drôle de nom !

Une fois à l'intérieur, le vendeur m'accueille avec un air surpris.

— Bonjour, mademoiselle… Euh… Sarah, c'est ça ?

— Oui… Comment connaissez-vous mon prénom ?

— C'est mon petit doigt qui me l'a dit…

— Et vous ?

—Je m'appelle Marc. Alors, dis-moi, jeune fille, que puis-je faire pour toi ?

— Je suis venue vous apporter ceci, dis-je en lui tendant une serviette en papier.

— Que c'est gentil ! Oh… Des madeleines ! En quel honneur ?

— Eh bien, c'est un peu délicat… J'ai un service à vous demander…

— Dis-moi.

— J'aimerais que vous m'aidiez à préparer un dîner pour ma maman, vendredi prochain.

— Un dîner ?

— Et vous pourriez rester manger avec nous ! J'aimerais tant lui faire une surprise !

Marc déglutit.

— Pourquoi moi ?

— C'est bien vous qui lui avez offert un bouquet de roses pour son anniversaire ! Je sais bien ce que ça veut dire !

Marc est tellement attendri par la petite fille qu'il n'a pas le cœur de refuser. D'autant plus qu'il désire ardemment revoir Marie ! Comment va-t-elle réagir en le trouvant chez elle ?

Un instant il envisage le pire puis il se ressaisit. De toute façon, rien ne sert d'imaginer où mène le chemin, il faut aller jusqu'au bout pour le découvrir.

— C'est entendu ! Si tu veux, je ferai des courses. Que veux-tu lui faire à manger ?

— Euh... Je ne sais pas trop... Maman adore les tomates et les potimarrons.

— C'est un bon début... À quelle heure dois-je venir ?

— 17 heures. Je dois y aller maintenant, à vendredi ! Vous savez où nous habitons ?

Marc lui fait un clin d'œil...

Après son départ, le fleuriste reste pensif. Cette soirée pourrait bien être un fiasco.

J'espère que Wayan pourra nous aider, pense l'archange Raphaël, couramment invoqué pour les guérisons.

Il convoque les anges chargés de le seconder pour un dernier *briefing*. Conscients de n'être qu'à la moitié du parcours, ils gardent la foi. Les résultats précédents étaient plutôt encourageants !

PHD

Vendredi 6 décembre

Il est 17 heures lorsque Marie entre dans le cabinet de PHD. Cette rencontre n'est pas le fruit du hasard. Elle fait suite à la lecture d'un de ses articles sur l'estime de soi, paru récemment dans un magazine féminin.

Le psychothérapeute l'invite à s'asseoir en face de lui dans un fauteuil en cuir de type Chesterfield. C'est un homme d'une soixantaine d'années dégageant une certaine assurance. Elle ne remarque ni la décoration de bon goût, ni l'éclairage tamisé, elle est tendue. Il lui a fallu du courage pour arriver jusqu'à lui.

— Qu'est-ce qui vous amène ?

Cette phrase agit sur elle comme un sésame ouvrant le coffre-fort dans lequel elle cache sa souffrance depuis 7 ans.

Elle déverse d'une seule traite tous les maux emprisonnés dans ses entrailles. À aucun moment, l'homme en face d'elle ne sourcille. Dans ce métier, il n'est pas d'usage d'exprimer ou de montrer des émotions.

Voici ce qu'il lui dit après l'avoir longuement écoutée :

— Vous vivez depuis des années dans le déni de votre douleur. Si vous voulez sortir de votre dépression et créer une relation plus harmonieuse avec votre fille, vous devez affronter vos ombres, sinon vous risquez d'y laisser votre peau.

» Le parcours sera peut-être difficile, mais salutaire. Je serai à vos côtés pour vous accompagner. Tel un phare, j'éclairerai la mer pour vous montrer la voie mais, vous nagerez seule jusqu'au rivage.

» Vous avez le choix : soit vous continuez à vous fracasser sur les rochers acérés de votre passé, soit vous reprenez votre vie en main pour ne pas vous noyer.

» Vous réapprendrez ainsi à vivre sans votre mari et deviendrez plus forte, plus présente pour votre enfant. Elle pourra à nouveau s'appuyer sur vous pour grandir.

» Vos blessures ont besoin d'amour et de douceur pour cicatriser. C'est vous qui allez faire ce travail de guérison, vous êtes votre meilleure amie. Je veux dire par là que rien, ni personne, ne peut vous apporter tout ce dont vous avez besoin, à part vous…

» Prenez le temps de réfléchir à tout cela et rappelez-moi si vous voulez poursuivre.

— C'est tout réfléchi ! Quand puis-je revenir ?

— Vendredi prochain, même heure.

— Je viendrai.

En refermant la porte de son cabinet, Marie se sent plus légère. Elle ne s'attendait quand même pas à pleurer autant lors du premier rendez-vous. C'est certainement le « prix à payer » pour s'en sortir.

En toute hâte, elle prend le métro pour rejoindre sa fille. Elle ressent le besoin de l'embrasser, de respirer l'odeur de ses cheveux, d'entendre son rire.

En chemin, le visage de Marc lui traversa l'esprit. Désormais elle ne pouvait plus se mentir…

Carpe diem

Cette journée s'annonce chargée pour Marc. Il doit tout d'abord se rendre à Rungis. Après quoi, il fera des courses pour le dîner « surprise » de Sarah. Il est impatient et, en même temps, il a un peu d'appréhension.

Vers 17 heures, il arrive chez la fillette, les bras chargés d'emplettes. Il a pris le soin de confectionner un joli bouquet de roses rouges, orange et jaunes. Ne connaissant pas l'équipement de leur cuisine, il a préféré acheter des plats préparés chez le traiteur italien. Il proposera à Sarah de réaliser le dessert.

En s'engageant dans le hall de l'immeuble, il a le trac. Tout en haut de l'escalier, la petite fille l'accueille sur le palier en souriant.

— Bonjour, Marc !

Ses yeux s'écarquillent à la vue des fleurs.

— Elles sont trop belles ! Venez, on va mettre tout ça dans la cuisine.

Il se sent un peu gêné d'entrer dans leur intimité… Pas le temps de s'arrêter sur ses états d'âme, il faut tout mettre en place. Marie sera bientôt de retour. Shakti, dérangée par tout ce tintamarre, se joint à eux. Elle se frotte sur ses mollets puis se roule à ses pieds.

Sarah est stupéfaite. Habituellement, sa chatte n'aime pas les inconnus. Elle préfère se cacher derrière le canapé.

— Shakti n'a pas peur de vous, on dirait !

— Qui sait ? Nous nous sommes peut-être déjà rencontrés ! dit-il avec une pointe d'humour.

Après avoir déballé ses achats, il lui annonce le menu :

« Tarte Tatin tomate basilic,
Quenelles de potimarron à la ricotta,
Crémeux au citron et petits sablés dorés »

— Miam !

— Si tu es d'accord, nous allons préparer les sablés.

— J'adore la pâtisserie ! Marc est-ce que je peux te tutoyer ?

— Avec plaisir, Sarah !

Une odeur alléchante de gâteau embaume la cage d'escalier. Marie se sent apaisée ce soir. Arrivée devant sa porte, elle introduit sa clef dans la serrure et pénètre dans son appartement. Elle se rend vite compte que sa fille n'est pas seule. Son sang ne fait qu'un tour.

Elle hurle son prénom tout en se précipitant dans la cuisine. Dans l'embrasure de la porte, elle découvre Marc et Sarah en tablier, les mains dans la pâte, de la farine plein les cheveux. Elle blêmit.

— Ne te mets pas en colère, maman ! J'ai demandé à Marc de m'aider pour te faire une surprise.

Marie le regarde d'un air sceptique.

— J'ai trouvé cette attention si touchante que j'ai accepté, dit Marc, embarrassé. Je peux m'en aller si vous voulez…

Marie fronce les sourcils comme pour gronder sa fille.

— Laissez-moi réfléchir deux minutes, vous deux !

« Marie, combien de temps encore vas-tu vivre dans la peur ? Réfléchis ! En quoi Marc représente-t-il un danger pour toi et Sarah ? Ta peur d'aimer n'est-elle pas ta pire ennemie ? Qu'est-ce que tu risques vraiment ? » lui souffle sa petite voix intérieure.

Marie prend conscience de son comportement défensif et, devant le regard implorant de Sarah, finit par capituler.

— C'est d'accord pour ce soir ! Par contre, Sarah devra se coucher à 21 heures, il n'y aura pas de dérogation possible, c'est bien clair pour tout le monde ?

Marc et Sarah hochent la tête sans cacher leur joie ! Sarah bondit sur Marie, toute contente.

— Merci, maman !

Son plan a fonctionné.

Marc observe la scène avec beaucoup de tendresse. Il aimerait tant la prendre dans ses bras lui aussi.

Tout se déroule à merveille durant la soirée. Le repas est succulent. Marie les félicite en insistant particulièrement sur la qualité des petits gâteaux. Quand vient l'heure d'aller au lit, Sarah tente de grappiller quelques minutes en plus. Marie ne cède en rien. Elle l'accompagne dans sa chambre pour l'aider à se déshabiller.

— Bonne nuit, petite chipie ! dit Marie en l'embrassant affectueusement sur le front.

— Tu n'es pas trop fâchée, maman ?

— Pas du tout ! Même si je ne m'y attendais pas, j'avoue que j'ai passé un agréable moment. Dors maintenant. À demain, ma chérie !

— Bonne nuit, maman !

Shakti s'installe près de son oreiller, le sourire aux moustaches. C'était une sacrée soirée !

Marie retrouve Marc au salon, les mains moites. Ce dîner impromptu s'est somme toute bien déroulé. Elle y a même pris du plaisir.

Le fleuriste qui entre-temps a enfilé son manteau, est sur le point de partir.

— Il est préférable que je rentre, dit-il à voix basse.

— Oui… Merci pour cette belle soirée, Marc. Je suis très touchée par tout ce que vous avez préparé ce soir.

Marie s'écarte pour le laisser passer. Elle est partagée entre le désir de prolonger ce moment et la peur de ne pouvoir cacher ses sentiments naissants.

— Bonne nuit, Marie, fais de beaux rêves, dit-il en lui déposant un baiser sur le front.

Il referme la porte derrière lui sans faire de bruit. Elle reste quelques secondes dans l'obscurité, les yeux mi-clos. Quand elle entend frapper discrètement à sa porte, elle ouvre sans hésiter. Elle sait…

Marc l'enlace et l'embrasse délicatement. Ses barrières cèdent sous ses baisers. Ses lèvres sont si douces…

Le temps s'arrête. Elle ne sait pas si elle a envie de rire ou de pleurer. À sa grande surprise, elle lui répond avec fougue. Leurs corps sont comme deux aimants. Elle s'abandonne dans ses bras… Jamais elle n'aurait cru cela possible !

— Il faut vraiment que je rentre, chuchote Marc, les lèvres collées contre sa tempe.

— Oui, c'est plus raisonnable, dit-elle le cœur battant.

Préparez-vous mes amis, c'est bientôt notre tour ! annonce l'archange Raphaël. *J'ai contacté Wayan, elle se tient prête. Bonne chance à tous !*

Vertigineuse

Marie se glisse dans son lit, bouleversée par cette étreinte. Elle sent qu'elle vient de franchir un cap. Pour autant, quelque chose d'invisible la retient toujours prisonnière…

Que fais-je debout dans le noir ? Une bougie s'allume subitement à côté de moi, éclairant faiblement les alentours. Oh non ! Je suis à nouveau dans les Catacombes, au niveau de la « Crypte de la passion » !

Dans cette salle pleine d'ossements, trône une étrange sculpture en forme de tonneau. Une ouverture se crée parmi les os. Je suis happée à l'intérieur… J'avance à présent sur un sol boueux dans une sorte de tunnel au bout duquel, je distingue une lumière verte. À mesure que je m'en rapproche, la température de l'air se réchauffe et rapidement je suis aveuglée. Bientôt, tout se met à tournoyer autour de moi. J'ai la nausée, mes jambes vacillent ! Je tombe à terre telle une marionnette et perds connaissance.

Lorsque je reviens à moi, je suis assise sur un tapis de mousse dans une forêt luxuriante, composée de plantes tropicales, bananiers et autres fleurs multicolores. J'entends des chants d'oiseaux et des cris d'animaux. Des papillons verts aux ailes dentelées dansent devant moi. Des odeurs sucrées me caressent les narines, la chaleur moite de cet écrin me fait du bien. Je suis émerveillée par tant de beauté. Est-ce le paradis ?

La tunique végétale que je porte et la boue qui recouvre mon corps me procurent la sensation d'être en osmose avec cette nature généreuse. Je me sens si humble que des larmes de béatitude coulent sur mes joues.

Un contact sur mon épaule me fait tourner la tête. Je découvre une femme magnifique aux longs cheveux bruns. On dirait une Indonésienne avec ses yeux noirs envoûtants.

— Bonjour, je m'appelle Wayan. Viens avec moi, j'ai quelque chose à te montrer…

Mon instinct me dit de la suivre. Elle nous fraye un chemin à travers la jungle. Nous marchons de longues heures, j'ignore où nous allons. La fatigue me gagne progressivement, pourtant je tiens bon.

Peu à peu, une légère bruine nous rafraîchit la peau. Le bruit de l'eau s'accentue, le sol devient de plus en plus glissant. Nous atteignons bientôt une sorte de rideau végétal dans lequel Wayan glisse la main pour ouvrir un passage. Une magnifique cascade à la chute vertigineuse, entourée d'imposants rochers gris foncé, apparaît sous nos yeux. Wayan me fait signe d'avancer. Non loin de là, un temple en pierre se dresse majestueusement devant nous.

Une immense statue de Bouddha nous accueille. Wayan se prosterne devant elle et dépose à ses pieds des bougies, des bâtons d'encens, des fleurs, quelques fruits ainsi que de l'eau et de l'argent.

— Pourquoi suis-je ici, Wayan ?

— Tu as une épreuve à traverser. Si tu la réussis, tu recevras une grâce. Je ne peux t'en dire plus… Sache que tu as le droit de refuser.

— J'ai besoin d'en savoir plus pour me décider !

— Cela fait aussi partie de l'expérience que de ne rien savoir.

Cette situation est inconfortable pour moi. C'est comme sauter dans le vide du haut de cette cascade !

Wayan qui paraît lire dans mes pensées me dit :

— Place ton intuition dans le ciel et laisse-toi guider par ce que tu ressens et non pas par ce que tu imagines. Ton mental est un expert dans la fabrication de films « catastrophes ». Si tu lui donnes trop de pouvoir, il sèmera la peur et le doute en toi. Dans bien des cas, tes peurs ne se réaliseront jamais…

» Si tu oses t'aventurer dans l'inconnu, tu n'es pas à l'abri d'avoir de bonnes surprises.

Sur ses conseils, je ferme les yeux pour me connecter au ciel. J'entends ma voix intérieure me susurrer : « Cesse d'avoir peur et tu seras libre ! »

Mon choix est fait !

— Le moment est venu, m'annonce solennellement Wayan.

Elle me demande de me déshabiller, après quoi elle me montre la cascade.

— Nous allons là-bas, mais tu devras te rendre seule sous la chute !

Ma gorge se serre. Je suis impressionnée à la vue de cette eau qui se déverse dans le vide, une centaine de mètres plus haut. Vais-je y arriver ?

Nous avançons à tâtons dans la rivière peu profonde en nous appuyant sur des rochers recouverts d'algues. La bruine devient de plus en plus dense, ce qui réduit notre champ de vision. Je reste vigilante pour ne pas tomber. Je suis loin d'être aussi agile que Wayan, qui a l'air de connaître parfaitement les lieux. Elle s'arrête plusieurs mètres devant moi et me crie de continuer. Je ne vois presque plus rien. Le bruit est insupportable. Je sens que la peur essaie de me déstabiliser. Je lui résiste tant que je peux, elle ne gagnera pas cette fois !

Je progresse péniblement, l'eau fraîche me cingle la peau. Je m'engage maladroitement sous cette lourde masse tumultueuse. J'ai le souffle coupé. Chaque centimètre est une victoire. Arrivée au centre de la cascade, je me recroqueville pour me protéger. Je reçois des litres d'eau sur la tête, je serre les dents. Quand soudain l'eau se transforme en lumière étincelante. Elle coule sur moi, en moi.

Mon cœur semble crier dans ma poitrine : « Oui ! Oui à la vie ! Oui à l'amour ! »

Ensuite tout redevient silencieux. Je me retrouve allongée dans l'herbe à proximité de la rivière. Impossible de me lever, je suis sonnée. Tandis que je tente de m'asseoir, quelqu'un derrière moi, m'entoure délicatement avec ses bras. Ce contact ne m'est pas inconnu…

— Pardonne-moi, mon amour, je n'ai jamais voulu vous abandonner, dit Tristan d'une voix mélancolique.

Je suis tellement abasourdie que je fonds en larmes. Aussitôt il disparaît.

Quelque part dans l'au-delà…

« Marie, j'étais venu te dire au revoir. En te serrant contre moi tout à l'heure, près de la cascade, j'ai senti à quel point c'est encore difficile pour moi. J'ai besoin d'un peu plus de temps… »

Samedi 7 décembre

Il est 4 heures du matin, Marie est en larmes. C'est la première fois que Tristan entre en contact avec elle. Elle est sous le choc. Ce n'est qu'un rêve ! se dit-elle pour se calmer.

Bien qu'elle ressente encore son contact, elle repense à son étreinte avec Marc, la veille au soir. Elle a le sentiment d'être à la croisée des chemins. Sur celui de gauche, elle visualise son mari et sur celui de droite, Marc. Il est peut-être temps de prendre une décision. C'est difficile car choisir, c'est renoncer et risquer de perdre quelque chose…

Sa petite voix intérieure intervient :

« Ne pas choisir, c'est risquer de passer à côté du bonheur… Suis ton cœur. »

Encouragée par ce qu'elle vient d'entendre, elle parvient enfin à se rendormir. Demain, il fera jour.

Wayan qui, en méditant, peut se connecter aux plans subtils, demande une audience à l'archange Raphaël, qui ne tarde pas à se manifester.

— J'ai fait ce que j'ai pu, lui dit-elle.

— *C'est parfait ! Merci beaucoup, Wayan. Nous pourrions encore avoir besoin de vous…*

— Comptez sur moi !

— *L'archange Michaël prend désormais le relais. Il vous contactera si nécessaire… Au revoir,* dit-il en s'éloignant d'un gracieux froissement d'ailes.

Marie a été très courageuse, elle a surmonté une partie de ses peurs, songe l'archange Raphaël. Néanmoins, il n'est pas totalement serein en rejoignant son équipe.

— Nous devons rester prudents, mes amis ! Si Marie décide d'emprunter la voie de gauche, nous ne pourrons faire appel à l'âme de Tristan pour sauver l'humanité. Les conséquences seraient alors dramatiques pour les générations futures. Laissons cette perspective de côté pour l'instant et faisons-lui confiance…

Petit-déjeuner au lit

Je suis réveillée par l'odeur du café. Sarah vient d'entrer dans le salon et m'apporte le petit-déjeuner au lit. C'est trop mignon !

— Bonjour, ma chérie.

— Bonjour, maman !

— Ça a l'air délicieux ce que tu as préparé. Je meurs de faim !

Les croissants sont encore chauds. Elle a même découpé des rondelles de kiwi en forme de cœur.

J'ai mal partout ce matin. En inspectant ma peau, je remarque plusieurs ecchymoses. J'ai dû me cogner cette nuit. À moins que…

Sarah m'interrompt dans mes pensées.

— Maman, j'ai fait un drôle de rêve.

— Ah bon, tu as envie d'en parler ?

— Oui. Nous nous promenions sur un petit chemin de terre au milieu d'un champ de blé. Il faisait beau. Il y avait des fleurs de toutes les couleurs autour de nous. Plus loin, nous arrivions au centre d'une clairière protégée par de grands arbres. On aurait dit qu'ils étaient vivants, ils remuaient leurs branches comme s'ils dansaient avec le vent.

» Nous nous sommes arrêtées là pour nous reposer. Je jouais à attraper les papillons, je m'amusais bien. De gros nuages sont apparus et ont caché le soleil. Nous sommes parties à la recherche d'un abri. Plus nous marchions, plus le temps devenait menaçant. Il s'est mis à pleuvoir, des éclairs ont illuminé le ciel. J'avais si peur de l'orage que je t'ai pris la main. Arrivées à un carrefour, nous avons trouvé une cabane en bois dans laquelle nous sommes entrées. Un vieux monsieur à la barbe blanche était assis devant un feu.

Sarah s'arrête quelques instants de parler comme pour prolonger le suspens.

— Nous nous sommes assises en face de lui. Il s'adressa d'abord à toi, maman et voici ce qu'il te dit :

« Pour devenir ce que tu es, tu dois mourir à ce que tu étais. Fais-en bon usage. »

Ensuite, il se tourna vers moi :

« Sarah, tu as le droit d'être toi-même, tu es capable de réussir, tu es aimable telle que tu es. Ne laisse jamais personne te dire le contraire. »

— C'est étrange, maman, tu ne trouves pas ?

— Oui, en effet… Quoi qu'il en soit, je t'aime de tout mon cœur, tu sais. J'ai conscience de ne pas avoir été une bonne mère. Sois certaine que ce n'est ni à cause de toi, ni contre toi.

» Je m'en veux de t'avoir délaissée alors que tu es la plus merveilleuse des petites filles. À partir d'aujourd'hui, je te promets que je serai toujours là pour toi !

— Mais, maman, si tu meurs, qu'est-ce que je vais devenir ?

— Je n'ai pas l'intention de mourir, ma Sarah ! Les petits anges veillent sur nous.

— Comment tu peux le savoir ?

— Je le sens, c'est tout. Ne t'inquiète pas, ma douce, tout va aller mieux maintenant. Viens dans mes bras…

Tout le monde s'embrasse au sommet ! Les anges sont fiers ! Marie les perçoit enfin !

— *Chers compagnons, ne vous réjouissez pas trop vite*, dit l'archange Michaël, qui véhicule le pouvoir de la foi et de la protection.

» Tâchez de rester humbles ! L'ego spirituel est une voie dangereuse pour ceux qui pensent que les choses changent grâce à eux. N'oubliez pas que vous êtes au service de l'Univers. Par conséquent, vous recevez ce que vous donnez. Faites preuve d'allégeance et restez concentrés. Notre travail est loin d'être terminé. Dépêchez-vous d'aller

chercher Wayan, nous n'avons que 40 ans avant la terrible catastrophe ! C'est demain, à notre échelle…

Les anges s'exécutent sans rechigner. Tous savent que l'archange Michaël, c'est le patron !

Par amour

Dans l'au-delà, Tristan, qui vient d'assister à la conversation entre sa femme et sa fille, ne peut contenir ses larmes de lumière. Si seulement…

— Laisse-la partir, prononce une voix douce.

— Qui est là ?

Il n'obtient aucune réponse.

L'image d'une très belle femme aux longs cheveux bruns, baignant dans un halo vert phosphorescent, apparaît devant lui.

— Laisse Marie partir…

— J'en suis incapable, c'est trop dur ! réplique-t-il en se remémorant l'épisode de la cascade. Qui êtes-vous ? Que me voulez-vous ?

— Je m'appelle Wayan, je suis venue pour t'aider.

— À quoi bon ? dit-il d'un ton las.

— Suis-moi, je vais te montrer quelque chose…

Elle passe devant lui et trace un passage lumineux à travers l'obscurité. Tristan la talonne, en rechignant. Ils arrivent bientôt devant une sorte de porte suspendue dans le vide. Elle l'ouvre lentement.

Tristan jette un œil de l'autre côté. Il entrevoit un chemin qui se dédouble.

— Qu'est-ce que cela signifie ?

Wayan l'invite à franchir le seuil.

— Observe attentivement chacune de ces deux directions.

À gauche, il distingue Marie et Sarah, le visage triste, portant de grosses chaînes aux chevilles. À droite, elles sont joyeuses et épanouies en compagnie de Marc.

— Que souhaites-tu vraiment pour ta femme et ta fille ?

— Je préfère les savoir heureuses évidemment, mais c'est douloureux pour moi qu'elles le soient avec un autre homme, dit-il avec amertume.

— Face à cette situation, tu as deux possibilités : soit tu l'acceptes, soit tu la quittes.

— Je l'ai déjà quittée puisque je suis ici ! Il ne me reste plus qu'à l'accepter… Mais comment ?

— En y mettant du sens.

— Du sens ?

— Oui, pour t'aider à voir les choses autrement.

— C'est-à-dire ?

— Imagine ce qui se passerait si tu les laissais partir avec Marc.

— Je risquerais de les perdre à tout jamais, elles finiraient par m'oublier !

— C'est ton point de vue… Mets-toi à leur place un court instant.

Tristan réfléchit un moment.

— Je commence à comprendre… Si je les retiens, je les empêche d'accéder au bonheur. Les garder pour moi plus longtemps serait égoïste !

— C'est bien, tu progresses…

— Par amour pour elles, je me dois de les libérer. Cela a du sens !

— Bravo !

En un éclair, l'âme de Tristan se met à rayonner et à illuminer les ténèbres. Simultanément, les chaînes de Marie et Sarah se brisent. Le chemin de gauche disparaît et celui de droite vient se positionner au milieu. Elles le remercient en lui envoyant des baisers de la main.

— À présent, va sur la voie du milieu. D'autres aventures t'attendent, dit Wayan en s'éloignant.

— Attendez ! De quoi parlez-vous ?

Elle est déjà loin…

Om mani padme hum

Je n'ai pas fermé l'œil de la nuit, tant j'ai pensé à Marie. Je suis ensorcelé par notre étreinte. Ses baisers, son corps vibrant contre le mien… Je n'ai qu'une envie : la revoir.

Il est clair que je suis fou d'elle comme jamais je ne l'ai été d'une femme. J'ai peur qu'elle ne souhaite plus me revoir. Il n'y a qu'une façon d'être fixé : lui poser directement la question au lieu de penser à sa place.

Ce matin, j'ai beaucoup de travail. Je vais décorer ma boutique pour les fêtes de Noël. Cette année, j'ai choisi des décorations de couleur vert et bleu ciel. Ça changera des années précédentes.

Comme il n'est que 6 heures 30, je décide de méditer pour retrouver de l'énergie et me recentrer. J'allume une bougie et un bâton d'encens que je dépose sur mon autel. Je m'assois en tailleur face à mon Bouddha. Je commence par réciter le mantra de la compassion « Om mani padme hum » puis je me connecte à la terre et au ciel. Très vite ma fatigue s'envole. Méditer, c'est surtout ne rien vouloir faire, imaginer, ou comprendre. C'est être en contact avec son corps et son cœur, dans l'instant présent. En général, je n'ai aucune image mentale pendant cette pratique. Pourtant là, je distingue une source lumineuse au niveau de mon troisième œil. Elle s'estompe petit à petit pour laisser place à un paysage sec et rocailleux. Je me vois marcher sur un sentier escarpé qui serpente à flanc de montagne. Quand j'arrive au sommet, je découvre un bâtiment blanc et ocre ressemblant à un des monastères bhoutanais que je connais. Trois moines en drapé rouge foncé s'avancent vers moi, le visage accueillant.

— Bonjour, Marc, nous sommes heureux de te voir. Nous t'attendions, dit le plus âgé.

— Vous m'attendiez ?

— Oui. Nous avons eu vent de tes tourments, dit le plus jeune d'une voix pleine d'humanité.

— Que voulez-vous dire ?

— C'est un peu compliqué, dit le plus timide des trois. Peut-on réellement lui faire confiance ? demande-t-il en s'adressant aux autres.

Je les trouve bien mystiques ces trois-là ! Le plus vieux prend la parole :

— Marc, nous vivons dans un monde parallèle au vôtre, invisible à vos yeux. Bien que notre espace-temps soit le même, nos deux univers se juxtaposent. Nous sommes les seuls à pouvoir vous voir, nous ressentons également vos émotions. Nous ne pouvons interagir avec vous qu'en de rares occasions et uniquement sur autorisation de notre « supérieur ».

— Comment une telle chose est possible ? dis-je, sceptique.

— Le plus important n'est pas de comprendre le « comment », mais le « pourquoi » tu es là. Nous n'avons que très peu de temps devant nous.

— Pourriez-vous être plus explicite ?

— Tu as laissé le doute t'envahir, dit le plus jeune.

— De quoi parlez-vous ?

— De ta relation avec Marie ! Tu as peur de la perdre, n'est-ce pas ?

— Non, pas du tout !

— En es-tu certain ?

— Mmmm…

Je dois reconnaître qu'ils n'ont pas tout à fait tort.

— Si tu veux vraiment quelque chose, tu dois y croire de toutes tes forces. Si tu laisses la place au doute, il te fera échouer.

— En réalité, il y a toujours un risque que cela ne marche pas !

— C'est vrai… Sache que le plus important est le chemin que tu vas parcourir pour atteindre ton but et non le but lui-même.

— Je ne comprends pas…

— Partons de l'hypothèse suivante, si tu veux bien : la vie veut toujours le meilleur pour toi. Si tu lui fais confiance et que tu lui confies ton destin, elle t'apportera tout ce dont tu as besoin pour évoluer. Peu importe l'endroit où elle t'emmènera, ce sont les expériences, les épreuves, les rencontres qui compteront, ainsi que le sens que tu leur donneras.

— Plus facile à dire qu'à faire !

— C'est une vue de l'esprit. La vie est ton meilleur professeur. Deviens son élève, tu apprendras bien plus que tu ne l'imagines. Mais n'oublie pas que quoi qu'il se passe, tout est toujours juste selon l'ordre divin. Nous devons te laisser à présent… Bon retour, Marc !

Progressivement, les moines deviennent flous. J'entends dans le lointain des voix d'hommes mêlées à des sons de bols tibétains. Ils chantent en chœur le mantra de la compassion…

— *Qui a bien pu les missionner ?* demande un des anges à l'archange Michaël.

— *Aucune idée ! Cette intervention ne faisait pas partie de notre plan…*

— *Devons-nous enquêter ?* demande l'un d'eux.

— C'*est inutile… Tout est toujours juste selon l'ordre divin ! Partez devant ! Je vous rejoins dès que possible…*

Un groupe d'éclaireurs se rassemblent devant le toboggan de lumière.

— *Un pour tous et tous pour un !* s'exclament-ils avant de s'y engager.

Cupidon

Je passe un jean délavé et un pull vert émeraude pour aller faire mes courses. Je vais préparer une quiche aux brocolis, accompagnée d'une salade de pousses d'épinards frais, pour le déjeuner.

Devant la porte d'entrée, je repense à la scène de la veille avec Marc. J'ai très envie de le revoir, mon corps également… Je me sens revivre !

— Je reviens vite, ma chérie, dis-je à Sarah qui regarde la télévision.

— D'accord, maman !

En sortant de l'immeuble, Marie se rend chez le maraîcher. Au moment de payer, elle entend une voix familière dans son dos :

— Bonjour, Marie !

— Ah ! Bonjour, Marc. Comment vas-tu ?

— Pas mal, malgré une nuit un peu courte, lui répond-il avec un clin d'œil. Je peux t'offrir un café ?

— Volontiers.

Ils s'installent sur la terrasse chauffée d'un bistrot. Ils parlent des fêtes de Noël, des cadeaux qu'il leur reste à faire… C'est simple et chaleureux entre eux. Ils rient comme des adolescents sous le regard amusé des passants.

— J'aimerais bien vous inviter chez moi pour le goûter, demain.

— Très bonne idée ! Cela fera plaisir à Sarah !

— Seulement à Sarah ? lui demande-t-il, espiègle.

Elle rougit tandis qu'il lui griffonne son adresse sur le ticket de caisse.

— Vers 16 heures ?

— Parfait ! Qu'est-ce que j'apporte ?

— Toi ! répond-il en lui déposant un baiser sur les lèvres.

Cupidon est ravi. Ce n'était pas simple de synchroniser leurs emplois du temps…

— *Ouf, j'ai réussi !*

— Tu crois que je ne vois pas clair dans ton petit jeu ? lui dit Marc d'un ton moqueur.

— *Qui me parle ?*

— Ah, tu fais moins le malin, là !

— *Qui me parle à la fin ?*

— Le principal intéressé !

— Aucun humain ne peut déceler ma présence en temps normal !

— Pourquoi crois-tu que j'ai appelé ma boutique « Au Cœur des Anges » ?

Quand je serai grande

De retour chez moi, je trouve Sarah assise par terre près du canapé, un cahier bleu ciel entre les mains.

— Maman, c'est quoi tous ces dessins ?

— Ce sont les notes que j'ai prises en Inde quand je faisais la formation de massage, avec ton père.

— Pourquoi l'avez-vous faite ensemble ?

— Pour pouvoir nous masser mutuellement.

— Pourquoi tu ne ferais pas ça comme travail ?

— Je ne sais pas…

La question de ma fille me laisse songeuse. En effet, j'envisage de quitter mon emploi de guide des Catacombes car je ne supporte plus cet environnement macabre. J'ai pris conscience dernièrement du lien étroit entre ma dépression, la promiscuité avec ces morts et la perte de mon mari. Maintenant que je vais mieux, je sens que je n'y suis plus à ma place.

— Et toi, ma chérie, que veux-tu faire comme métier ?

Sarah réfléchit en se grattant le menton.

— Quand je serai grande, j'aimerais aider les autres.

— Pourquoi ?

— Il y a tellement de gens qui souffrent sur terre, maman. Je ne veux pas rester sans rien faire ! Je pourrais être docteur du cœur !

— Qu'est-ce qui te fait dire cela ?

— Parfois, je rêve de gens qui pleurent en tendant les mains vers moi. Ils cherchent à m'agripper.

— Sarah, les rêves ne sont pas réels.

— Pour moi, si ! dit-elle en s'énervant.

— Je te crois, ma chérie, calme-toi… dis-je en lui caressant les cheveux. Sois tranquille, tu choisiras le métier que tu voudras, mon cœur. Tiens, au fait, j'ai croisé Marc tout à l'heure. Il nous invite demain chez lui, pour le goûter.

— Trop bien ! Il est super cool, Marc !

Cette nouvelle lui redonne le sourire…

Après le déjeuner, j'emmène Sarah sur le Champ de Mars, pour une promenade. Il fait froid et sec. Les rayons du soleil percent difficilement à travers les nuages.

En l'observant jouer avec d'autres enfants, je réalise combien elle est étonnante. Souvent, j'ai l'impression d'être face à une adulte avec le corps d'une petite fille. C'est grâce à elle si je ne me suis pas laissée mourir après l'accident. Et si elle était venue sur terre pour me permettre de rester en vie ? Le fait que je sois toujours là ne relèverait-il pas d'un miracle mais d'un mystérieux dessein ?

La nuit commençant à tomber, je fais signe à Sarah de me rejoindre. Cinq minutes plus tard, nous sommes de retour à l'appartement. Je lui fais couler un bain. Shakti, comme à son habitude, s'installe sur le rebord de la baignoire.

— Tu crois que Marie se doute de quelque chose ? demande Shakti à l'âme de Sarah.

— C'est possible... En tout cas, elle se pose des questions !

— J'espère qu'elle ne va pas tarder à comprendre...

— Moi aussi ! Je n'aimerais pas avoir fait tout cela pour rien.

— Sarah, on ne vient jamais sur terre par hasard...

Les hommes bleus

Je me réjouis de voir Marc demain. J'ai hâte de découvrir l'endroit où il habite… J'ai couché Sarah après lui avoir lu « Le conte chaud et doux des chaudoudoux ». Elle est plus épanouie, ces temps-ci. Quant à moi, je me sens moins seule grâce à Marc, même s'il se fait discret.

En dépliant le canapé-lit, Marie a une douce pensée pour Tristan. Jamais elle n'oubliera leurs années de bonheur. Malgré tout, la vie continue. Elle ignore ce que donnera sa relation avec Marc. Peu importe, l'avenir le lui dira…

Une fois sous la couette, elle se félicite de ne plus prendre de somnifère ni de tranquillisant. Maintenant elle parvient à s'endormir naturellement. En ce qui concerne les antidépresseurs, elle est en phase de sevrage sur les conseils de son médecin.

Une sensation de froid me réveille en sursaut ! Un liquide glacial monte le long de mes jambes. Je suis de retour dans les Catacombes. Cette fois, j'emprunte un escalier en colimaçon qui s'enfonce profondément dans une eau bleu pâle. Impossible de faire demi-tour ! Mes jambes ne m'obéissent plus. Ma chemise de nuit me colle à la peau. Rapidement, je me retrouve sous l'eau. Je bloque ma respiration pour ne pas remplir mes poumons. Contre toute attente, je garde mon calme dans l'espoir de trouver une issue. Je regarde autour de moi, rien ! Je n'ai plus d'air. Une douleur affreuse me serre la poitrine, je vais me noyer !

Dans cette situation tragique, le mot « merci » jaillit dans mon esprit. D'un seul coup, l'eau se met à tourbillonner. Me voilà entraînée à vive allure dans une sorte de boyau aquatique bleuté. J'ai la sensation d'être dans une machine à laver sur programme essorage ! Je suis recrachée avec perte et fracas sur un sol inhospitalier. À moitié assommée, je me mets en boule pour me réchauffer.

À cet instant les paroles du vieux sage me reviennent en mémoire :

« Pour devenir ce que tu es, tu dois mourir à ce que tu étais. » Je viens de comprendre ! Un peu rude, la renaissance…

J'ai atterri dans un grand cube blanc hermétique. Quelque chose m'effleure le crâne. Je me redresse. Une magnifique nymphe blonde, aux yeux bleu lavande, vêtue d'une robe blanche me tend une longue cape turquoise. Elle me fait signe de l'enfiler en remplacement de ma tenue mouillée.

D'un geste élégant, elle m'invite à la suivre. Nous nous dirigeons vers un ascenseur transparent. Une fois à l'intérieur, elle appuie sur un bouton portant l'inscription « Vishuddha ». Il s'élève à une vitesse prodigieuse. Au bout de sa course, les portes s'ouvrent sur un épais brouillard de la couleur d'un ciel sans nuage. La mystérieuse créature s'y enfonce la première. Dois-je la suivre ? Il fut un temps où j'aurais été tétanisée, ce n'est plus le cas !

La visibilité commence à s'améliorer. Un splendide paysage dans des camaïeux de bleu, se découpe sous mes yeux. Je me retrouve dans une nature paradisiaque où chaque plante est phosphorescente. J'aperçois au loin de la fumée, près d'une sorte de campement au pied d'un pic rocheux. De là proviennent des chants.

Naturellement je me dirige vers cet endroit. Il fait pratiquement nuit. À chacun de mes pas, une sorte de plancton végétal bleu virevolte dans les airs. À mon contact, certaines fleurs émettent des sons cristallins. C'est féerique ! La flore s'écarte délicatement sur mon passage pour m'ouvrir la voie tandis que de minuscules créatures aux ailes moirées jouent avec mes cheveux. À la lisière d'une forêt aux arbres gigantesques, je discerne 7 huttes formant un cercle autour d'un feu. Des hommes âgés au visage buriné, habillés en bleu, sont assis devant chacune d'elles. C'est étrange, leurs yeux sont vitreux. Discrètement, je me rapproche d'eux. Ils s'arrêtent de chanter. Est-ce le hasard qui m'a conduite ici ?

— Le hasard n'existe que pour l'esprit cartésien qui ne peut ou ne veut pas entendre, voir ou sentir les messages de l'Univers, dit l'un d'eux d'une voix pleine de sagesse. Cependant, ce n'est pas l'enseignement principal aujourd'hui. Viens près de nous, nous allons te transmettre un savoir qui dépasse tes connaissances.

— Pourquoi faire ? dis-je, réticente.

— Pour accomplir ta mission sur la terre.

— Quelle mission ?

— À toi de la découvrir... Attention, le pouvoir peut être dangereux pour ceux qui manquent de discernement !

Je me demande de quoi il peut bien s'agir. Ils m'invitent à entrer dans une des huttes. Des bougies bleutées sont allumées près d'une table en bois recouverte d'un matelas en fibre végétale. Je m'y allonge. Mes paupières sont de plus en plus lourdes. Ils se rapprochent de moi en chantant dans une langue qui m'est inconnue :

Om, bhur bhuva svah
Tat savitur varenyam
Bargo devasya
dimahi Dhiyo yo nah
prachodayat

Je me sens de plus en plus cotonneuse. Mon esprit se dissipe dans une immensité qui me dépasse. Sentiment d'entrer en communion avec l'Univers.

Pour la première fois de mon existence, je ressens une connexion avec l'Indicible. Une vague de joie s'empare de moi, j'ai la certitude de ne plus être seule au monde. Cette prise de conscience est si soudaine qu'elle génère en moi des convulsions. Les hommes bleus posent leurs mains sur moi pour tenter de me calmer. Le premier, au niveau de mon sacrum, un autre sous mon nombril, le troisième sur mon estomac, le quatrième sur mon cœur, un autre sur ma gorge et sous ma nuque, le sixième sur mon front et le dernier sur ma tête. Une forte chaleur m'envahit et me tranquillise.

Ils m'aident ensuite à me remettre debout en me soutenant avec leurs mains. Je me connecte à un immense soleil jaune doré au-dessus de moi. Ils me font signe d'inspirer son énergie par ma fontanelle et de l'expirer dans mon cœur. Je m'exécute.

Guidée par leurs gestes, je fais de même avec l'énergie du centre de la terre que je visualise comme une grosse boule blanche. Je la fais monter par mes pieds et l'expire dans ma poitrine. Elles se mélangent en moi et se diffusent dans tout mon être, voire au-delà. Je deviens le yin et le yang, le soleil et la lune, la pluie et le vent, le noir et blanc ! Je suis, tout simplement ! C'est tellement fort que je perds connaissance. Les hommes bleus me rattrapent et me redéposent précautionneusement sur le matelas.

Tout le monde est de retour au quartier général des anges.

— *Beau travail mes amis !* dit l'archange Michaël.

— *À quelle température, le mercure ?* demande un des anges.

39,7

Dimanche 8 décembre

— Maman, j'ai mal…

Sarah entre dans le salon le visage crispé. Déjà 9 heures 30 !

— Bonjour, ma chérie ! Qu'est-ce qui se passe ?

— J'ai très mal au ventre et j'ai vomi !

Elle est pâle, ses jolis yeux noisette sont cernés. J'enfile un peignoir et des babouches bleu azur. J'installe Sarah dans mon lit entre deux gros oreillers et vais chercher le thermomètre dans la salle de bain. 39,7 ! Je crains fort qu'elle n'ait attrapé une gastro-entérite.

J'appelle SOS médecin, ils sont débordés ! Pas de visite avant 20 heures ! La secrétaire médicale me conseille de lui donner du paracétamol, un anti-spasmodique et du riz.

— Je vais bien m'occuper de toi, mon petit cœur ! Je descends chercher tes médicaments et prévenir Marc que nous ne pourrons pas venir pour le goûter.

— Mais, maman ! Je serai peut-être guérie tout à l'heure !

Pauvre petite, elle a l'air si déçue, elle me fait de la peine.

— On verra…

Après avoir tout acheté, je passe à la boutique de Marc. Par chance, il est déjà là.

—Bonjour, Marc !

— Bonjour, Marie, dit-il, surpris par ma visite matinale. Tout va bien ?

— Non, Sarah est malade. Apparemment, elle a une gastro. Le médecin doit passer en fin de journée. J'ai peur d'être obligée d'annuler notre visite.

— Ce n'est pas grave ! On remettra à plus tard… Désolé pour Sarah !

— Merci de ta compréhension. Elle est triste de ne pas venir chez toi, tu sais.

— Voici mon numéro de portable. Si tu as besoin de quelque chose, n'hésite pas.

— Merci ! Si tu n'as pas peur d'être contaminé, tu peux toujours passer nous voir…

— Bonne idée ! Je viendrai avec l'encens de l'Aigle Bleu. C'est un mélange d'huiles essentielles, utilisé par les Amérindiens pour purifier l'âme, le corps et l'esprit. Ça devrait l'aider.

— Super, à tout à l'heure…

Pendant mon absence, Sarah s'est endormie avec Shakti sur le ventre. Je la réveille pour lui donner ses cachets. Elle se rendort illico.

En me préparant un thé bleu de chez Mariage Frères, je songe au chant de cette nuit. J'ai du mal à me souvenir des paroles. C'est quelque chose comme « Om bur bouva saha ». Je regarde sur internet.

Je découvre qu'il s'agit d'une formule sacrée en sanscrit utilisée pour toutes sortes de purification. Pourquoi l'ai-je entendue dans mon rêve ? Et pourquoi ai-je la paume des mains brûlante ce matin ?

Un SMS m'annonce l'arrivée de Marc, il n'a pas osé sonner à l'interphone. Il m'offre un très beau bouquet d'iris bleu saphir.

— Merci, Marc, ils sont superbes !

— Comment va Sarah ?

— Mieux, mais ce n'est toujours pas la grande forme…

— J'ai apporté un gâteau au chocolat.

— C'est gentil ! J'ai fait du thé. Tu en veux ?

— Avec plaisir.

Nous nous installons autour de la table de la cuisine pour savourer son mœlleux. Un vrai régal ! Nous sommes interrompus par les gémissements de Sarah. Marc me regarde avec inquiétude. Nous nous précipitons dans le salon. Son ventre est gonflé et douloureux.

— Maman, j'ai très mal, dit-elle toute pâlotte. Mets tes mains sur mon ventre, s'il te plaît !

Je m'assieds à côté d'elle et frotte énergiquement mes paumes l'une contre l'autre avant de les placer à l'endroit endolori. Je récite en même temps à voix basse, sans trop y croire au début, les paroles du chant de purification. Au bout de quelques minutes, le visage de Sarah se détend.

— Elles sont magiques, tes mains, maman ! Je n'ai plus mal !

Je jette un coup d'œil à Marc, il est aussi surpris que moi.

— C'est vrai, c'est parti ! dit Sarah en se redressant. Elle a même repris des couleurs.

— Donne-moi tes mains ! me demande Marc, intrigué. Ouah ! C'est puissant !

— Je n'y comprends rien, Marc. Je crois que c'est en lien avec le rêve que j'ai fait cette nuit.

— Quel rêve ?

— Oui, maman, lequel ?

Je le leur raconte en détail.

— Maman, c'est évident !

— Quoi ?

— Tu peux guérir ! dit-elle en sautant sur le canapé-lit.

— Sarah a raison, Marie.

— Ne vous emballez pas tous les deux !

— Maman, j'ai faim !

Sarah est à nouveau pleine d'entrain.

— Tu dois te rendre à l'évidence, Marie, tu as un don ! Viens Sarah, je vais te couper un morceau de gâteau.

— Miam !

Pendant que Marc s'occupe de sa fille, Marie reste assise, le cerveau en ébullition. Quelle peut bien être sa mission ?

« Un don t'a été transmis cette nuit. Tu t'en serviras pour soulager la souffrance des humains. Tu pourras l'utiliser lors de tes massages et par imposition des mains, me souffle ma petite voix intérieure.

» Tu es libre de l'accepter ou de le refuser. Avant de prendre ta décision, voici ce que tu dois savoir :

- Tu ne pourras guérir les maladies graves ;
- Tu ne pourras agir que sur les petites douleurs physiques ;
- Le plus important : tu aideras les âmes à guérir leurs blessures émotionnelles.

» Tout ce que tu as à faire, c'est laisser tes mains agir, l'Univers se chargera du reste. Il est possible qu'il t'envoie des messages à communiquer verbalement à ceux qui viendront à toi. Au début, cela te paraîtra déconcertant. Aie confiance ! C'est une grâce qui t'est offerte. Elle n'est accordée qu'à certains d'entre vous car elle a souvent été détournée par des êtres égotiques, qui s'en servaient pour manipuler. »

Ces paroles me donnent des bourdonnements d'oreilles, je suis prise de vertiges. Contrainte de m'allonger, je m'assoupis sans m'en rendre compte.

— *Notre plan a marché ?* demande discrètement un ange à l'archange Michaël.

— *C'est encore trop tôt pour le dire, mais j'ai bon espoir ! Attendons l'entrée en scène de l'archange Zadkiel et croisons le bout des ailes !*

Marc a mis Sarah au lit. Marie dort paisiblement. Il a appelé SOS médecin pour annuler leur rendez-vous. Bien que tout soit rentré dans l'ordre, il préfère rester auprès d'elles cette nuit, on ne sait jamais.

Fatigué, il s'étend sur la méridienne. Shakti en profite pour se lover entre ses jambes. Ses doux ronronnements le conduisent directement dans les bras de Morphée…

Saraswati

— Marc ! Marc !

Une voix énergique me tire de mon sommeil. Qu'est-ce qui m'arrive ? Je flotte au-dessus de mon corps endormi, mais…

— Calme-toi, ce n'est rien… Tu pars en voyage avec Marie cette nuit.

— Qui êtes-vous ?

— Morphée, le dieu des rêves. Le temps presse, vous devez être de retour avant le réveil de Sarah !

— De quel voyage parlez-vous ?

— Ne pas savoir est parfois plus riche qu'une longue explication… Je dois partir, j'ai encore quelques détails à régler !

— Attendez !

C'est déjà trop tard…

— Marie, réveille-toi, lui dis-je doucement à l'oreille.

Une faible lumière blanche ne tarde pas à sortir par le sommet de son crâne.

— Marc, que se passe-t-il ?

— Tout va bien !

— Marc, je…

— Ne t'inquiète pas, nous sommes sortis de notre corps.

— Comment est-ce possible ?

Avant même que je puisse lui répondre, une lumière aveuglante surgit au centre de la pièce. Nous sommes attirés dans un champ magnétique qui nous propulse vers le haut. L'ascension est interminable et chaotique. Finalement, nous arrivons dans un paysage lunaire. Il fait nuit, la température est agréable. Une aurore boréale éclaire la voûte céleste.

Nous portons une tenue de coton bleu nuit. Les cheveux de Marie sont plus longs et ses yeux sont devenus bleu indigo !

Le décor est époustouflant ! Des éruptions volcaniques illuminent ce désert de roches bleues presque noires.

Des étoiles filantes nous proposent une symphonie enchanteresse dans le ciel et nous envoient une pluie de paillettes comme pour nous souhaiter la bienvenue.

— Où sommes-nous, Marc ?

— Je l'ignore… Ça va ?

— Oui. Quelque chose me dit que nous ne sommes pas là par hasard. Avançons vers cette montagne là-bas ! dit-elle sans hésiter.

Marie ne dit rien à Marc mais elle ressent des picotements sur son front comme si un troisième œil lui poussait au-dessus des sourcils. Elle voit plus clair dans l'obscurité, elle a une perception plus fine de ce qui existe dans l'invisible.

Leurs pas les conduisent devant l'entrée d'une grotte.

— Marc, reste là, je dois m'y aventurer seule !

— Non ! C'est peut-être dangereux. Je t'accompagne.

— Inutile… Fais-moi confiance, je sais ce que je fais !

Elle pénètre dans une galerie étroite et sombre débouchant sur une cavité plus petite, entièrement tapissée de végétaux argentés. Elle abrite une statue en pierre bleue représentant une femme assise sur un cygne qui tient un livre à la main.

Marie reste là quelques minutes sans bouger. Il ne se passe rien. Au moment où elle décide de rebrousser chemin, une voix féminine l'interpelle.

— Je suis Saraswati, déesse de la connaissance et de l'intuition. Viens près de moi, je t'attendais.

— Vous m'attendiez ?

— Je t'ai fait venir jusqu'à moi pour te transmettre la connaissance universelle qui te permettra d'éveiller les consciences sur la terre. Elle contient de nombreuses clefs utiles pour ceux qui souhaiteront devenir plus heureux, à condition qu'ils acceptent de se remettre en question.

— Que voulez-vous dire par « se remettre en question » ?

— Nous sommes inquiets de toutes les guerres qui éclatent dans votre monde, désolés d'assister à la destruction de votre planète, attristés face à la montée de l'individualisme et de la violence, consternés devant la misère sans cesse grandissante.

» Depuis la nuit des temps, nous formons des thérapeutes, guérisseurs, énergéticiens, maîtres spirituels, médiums pour tenter de rétablir l'harmonie sur terre.

» Nous savons parfaitement que cela prendra du temps. Si toutes ces hémorragies ne sont pas endiguées dans les décennies à venir, vous connaîtrez une catastrophe sans précédent. Nous sommes convaincus que si chacun fait un travail thérapeutique pour « guérir » ses blessures émotionnelles, vous aurez peut-être une chance d'y échapper ! Sous réserve cependant que vous cultiviez l'amour dans vos cœurs au lieu de la haine ou de la peur. Si tu acceptes cette mission, tu devras faire preuve d'un dévouement total dans ce qui te sera demandé.

— Comment saurai-je ce que vous attendez de moi ?

— En développant ton intuition et en lui faisant entièrement confiance.

— De quelle manière ?

— C'est le second enseignement que tu recevras dans ce voyage si tu me donnes ton consentement.

Consciente qu'il s'agit là d'un cadeau, Marie acquiesce d'un signe de la tête. L'idée d'être au service d'une noble cause, certes peu rationnelle, génère en elle de l'excitation et le sentiment d'être enfin à sa place.

Toutes les épreuves qu'elle a traversées, toutes les souffrances qu'elle a endurées, auraient-elles un sens ? Est-elle venue sur terre pour apporter son aide à ceux qui en ont besoin ? Tout lui semble limpide à présent.

— Es-tu prête, Marie ?

— Oui, cœur et âme !

Dès lors, elle sent un flot d'énergie entrer par sa fontanelle. Très vite, elle perçoit des images en lien avec la création de l'Univers. Des symboles, des lettres, des chiffres inconnus, défilent devant ses yeux à la vitesse de la lumière. D'autres images lui sont transmises sans qu'elle puisse les identifier. Des sons, des couleurs, des langues étrangères… Quand tout s'arrête, la déesse lui dit :

— Ce n'est pas encore terminé, Marie !

Étourdie, elle lui demande de la laisser reprendre ses esprits.

— Tu n'as pas le temps, tu es attendue près du lac.

— Quel lac ?

— Suis ton ami, il t'aidera à trouver le chemin…

Marie retrouve Marc à la sortie.

— Ça va ? Tu es blanche comme un linge !

— J'ai un peu mal à la tête, ce n'est rien. Sais-tu où est le lac ?

— Non, pourquoi ?

— Tu dois m'y conduire au plus vite.

— J'ai entendu des bruits d'eau derrière ce rocher…

— Allons-y !

Il passe son bras autour de sa taille pour la soutenir. Non loin de là, ils découvrent une étendue d'eau bleu marine. Un œil indigo géant, garni de longs cils lumineux, se reflète à la surface. Marie avance pas à pas dans cette eau tiède, comme aimantée. Marc tente de la retenir par le bras.

— N'y va pas, c'est peut-être un piège !

— Il n'y a qu'un moyen de le savoir.

— Je viens avec toi !

— Non ! Retourne à la grotte, je reviens dès que possible.

Il fait demi-tour et s'éloigne à contrecœur. Sa silhouette disparaît peu à peu dans la nuit.

De légers bouillonnements se forment devant Marie. Ils s'amplifient pour donner naissance à un tourbillon duquel émerge un cobra géant aux écailles bleues moirées. Il se dresse devant elle, capuchon déployé. Elle pousse un cri de stupeur. Il la fixe droit dans les yeux. Elle discerne au milieu de son front une sorte de saphir étincelant. Elle a envie de fuir, son corps s'y refuse. Malgré tout, elle croit discerner de l'amour dans son regard. Il s'approche d'elle et colle son front contre le sien. Elle retient sa respiration. Une communication subtile s'établit entre eux.

— Je suis Ajna, symbole de l'intuition universelle. Accueille-moi en toi et tu recevras le don de médiumnité.

Elle a à peine le temps de réagir que déjà, il rentre en elle par le front. Il emboîte sa tête dans la sienne, son saphir s'intégrant parfaitement entre ses deux sourcils.

— À présent, je suis ton 3e œil… Rentre chez toi, il est temps !

— Marc ! Où es-tu ?

Il la rejoint en courant.

— Marie ! Est-ce que tout va bien ?

— Oui. Rentrons, dit-elle calmement.

— Pour l'amour du ciel, tu peux m'expliquer ?

— Non, pas maintenant… Tout ce que je peux te dire, c'est que je t'aime, Marc.

— *Bien joué, le coup de Morphée !* dit l'archange Michaël en donnant un petit coup d'aile amical à l'archange Raziel qui est considéré par tous comme le grand spécialiste de l'intuition et du savoir spirituel.

— *Merci mon ami, notre mission n'a pas été des plus simples. Je suis fier de mes compagnons, ils ont été à la hauteur de mes espérances. Nous sommes prêts du but… À ce propos, je vais me rendre chez Zadkiel. Il aura peut-être besoin d'aide !*

— *C'est probable…*

Lundi 9 décembre

—Maman ! c'est l'heure, dit Sarah en me secouant le bras.

J'ai du mal à me réveiller ce matin. Marc entre dans le salon, une tasse de café à la main.

— Bonjour, Marie, as-tu bien dormi ?

— Marc ! Que fais-tu là ?

— Je me suis permis de rester ici hier soir, pour veiller sur vous.

— Tu es un ange ! Où as-tu dormi ?

— Sur la méridienne…

— Tu dois être fatigué, elle n'est pas du tout confortable.

— Non, ça va. Je ne peux pas rester avec vous, j'ai des choses à faire au magasin…

— Marie, j'ai rêvé cette nuit ou tu m'as dit « je t'aime » ?

— Je m'en souviendrais si c'était le cas ! dis-je sur un ton malicieux.

Ma mère n'est pas comme d'habitude ce matin. Tu sais pourquoi, toi, Shakti ?

La chatte se contente de miauler en guise de réponse, la tête tournée vers le ciel…

Oups, je vais être en retard à l'école si je ne me dépêche pas. Maman s'est enfin habillée ! Je la trouve très belle dans son pull bleu foncé.

De l'ombre à la lumière

Après avoir déposé ma fille à l'école, je rédige ce courrier :

« Monsieur le Directeur des Catacombes de Paris,

Je vous prie de recevoir par la présente ma démission au profit de la vie. Bien cordialement, Marie Langlois. »

Soulagée, je vais poster ma lettre. Sur le chemin du retour, je croise Marc qui porte un énorme carton.

— Tu déménages ?

— Non, je fais juste un peu de ménage dans ma boutique. Et toi, tu te balades ?

— Non, je reviens de la poste. J'ai fait un truc complètement fou !

— Ah bon, lequel ?

— J'ai envoyé ma lettre de démission !

— Ta *quoi* ?

— Ma démission ! Adieu les Catacombes !

— C'est génial ! As-tu une idée de ce que tu vas faire ?

— Quelque chose d'encore plus dingue !

— Quoi ?

Marie se penche vers lui pour lui en dire plus au creux de l'oreille.

— Magnifique ! Écoute, j'ai peut-être quelque chose à te proposer. Laisse-moi une heure et passe me voir à la boutique, je t'expliquerai…

— Entendu, à tout à l'heure, Marc.

Je suis euphorique ! Je me sens comme une adolescente qui vient de faire une mauvaise blague. Que c'est bon de me sentir libre !

J'ai confiance en mon nouveau projet. Je me demande si Tristan serait fier de moi. Il m'avait encouragée à me lancer dans cette voie quelques années auparavant. À l'époque, je ne croyais pas suffisamment en moi.

J'ai conscience que sa disparition, aussi douloureuse soit-elle, m'a permis de devenir qui je suis vraiment.

Dans notre relation, je n'existais pas pleinement, notre couple était si fusionnel. J'accordais plus d'importance à ses besoins et à ses envies qu'aux miens. Prétendre que je n'attendais rien en retour ne serait pas juste. Je crois que j'étais dépendante du regard qu'il portait sur moi. Par exemple, je lui demandais toujours s'il me trouvait belle, si les plats que je lui préparais étaient bons, s'il était heureux avec moi… J'avais sans cesse besoin d'être rassurée. Dans cette quête de reconnaissance, je ne vivais que pour lui, qu'à travers lui. Comment me réaliser dans ces conditions ?

J'ai évolué ces dernières semaines. Je fais plus attention à moi, à ma santé, à mon alimentation. Je suis bienveillante avec moi, je me pardonne plus facilement mes erreurs. J'ai compris que mon bonheur ne dépend désormais plus que de moi.

Tristan, je te remercie du fond du cœur pour tout ce chemin que tu m'as permis de parcourir. Cette traversée du désert m'a fait grandir, j'ai enfin trouvé la paix. Aujourd'hui, je peux redonner du sens à ma vie et c'est en partie grâce à toi !

Pleine de gratitude pour cet homme qu'elle a tant aimé, Marie verse quelques larmes, en silence.

Tout arrive au bon moment

Mince, déjà midi ! J'ai rendez-vous avec Marc. Vite, mes clefs !

J'attrape ma doudoune bleu indigo et sors de l'appartement. Cinq minutes plus tard, je suis à la boutique.

— Entre, Marie, et ferme les yeux, j'ai une surprise pour toi !

Il se place derrière moi et pose ses mains sur mes épaules.

— Laisse-toi guider…

Il me pousse légèrement en avant, tout en me dirigeant verbalement. Je joue le jeu.

— Tu peux ouvrir les yeux !

Je suis au beau milieu d'une pièce très lumineuse située à l'étage. Je l'interroge du regard.

— C'est mon bureau ! Enfin ton bureau, si tu le veux…

— Marc, tu es sérieux ?

— Évidemment ! Tu as suffisamment de place pour mettre une table pour donner tes soins énergétiques et faire des massages ayurvédiques.

— Tu es un amour, cela ne risque pas de te déranger ?

— Pas du tout ! Cela me ferait plaisir de pouvoir t'aider.

— Merci, Marc !

— J'aime te voir heureuse. Descendons, je vais te donner un double des clefs.

— Quand puis-je emménager ?

— Je pars après-demain pour Hong Kong. Tu pourrais profiter de mon absence pour t'installer.

— Hong Kong ?

Ma joie retombe quelque peu.

— Oui, je fais juste un aller-retour. Un de mes fournisseurs chinois souhaite me montrer une nouvelle espèce d'orchidée endémique. Il sait que je m'intéresse de près aux fleurs rares.

— C'est une chance inespérée, dis-je, l'air un peu triste.

Sans doute s'en est-il aperçu, il me prend dans ses bras.

— Je ne serai pas longtemps absent, promis ! Au fait, j'aimerais bien vous inviter chez moi pour le réveillon de Noël, si vous êtes libres bien sûr ?

— Avec plaisir ! Sarah sera folle de joie. Elle t'aime bien, tu sais.

— Elle est adorable, tout comme toi, dit-il en prenant mon menton entre ses doigts. Je m'occuperai de tout, vous serez mes invitées !

— Je t'appelle dès que je rentre. En attendant, fais comme chez toi.

— Merci, Marc, bon voyage…

— *Bonjour, Zadkiel !*

— *C'est toi, Raziel ? Tu tombes bien !* dit le porte-parole de l'Univers.

— *Tu t'en sors dans tes préparatifs ?*

— *Oui, mais je suis tout de même sous pression ! Le succès de la mission repose en grande partie sur mes ailes. Toi qui es très intuitif, peux-tu me donner quelques conseils ?*

— *Laisse-moi réfléchir…*

» *Quoi qu'il arrive, fais toujours de ton mieux. Ne fais aucune supposition, tes paroles doivent rester impeccables et n'en fais pas une affaire personnelle.*

— *Merci, mon ami. Je vais tâcher de mettre tes conseils en application. À charge de revanche !*

— *Bonne chance ! On se retrouvera probablement pour le dernier acte, si tout se passe comme nous l'espérons…*

Vendredi 13 décembre

Il fait froid aujourd'hui, Marie serait bien restée à la maison. Impossible, elle a rendez-vous avec PHD.

En entrant dans sa salle d'attente, un magazine attire tout de suite son attention. Le SPA des 7 mondes, situé dans le quartier Saint-Germain, propose des massages à prix doux, pour les fêtes. Elle a envie de prendre rendez-vous, elle trouvera peut-être des idées de décoration pour son nouveau lieu. Elle décide de leur téléphoner après sa séance de thérapie.

PHD ouvre la porte de son bureau.

— Bonjour, Marie, entrez.

— Bonjour, monsieur.

— Comment allez-vous ?

— Je vais beaucoup mieux…

Elle lui fait un résumé des évènements de la semaine. Elle évoque également ses prises de conscience et ses nouvelles décisions.

— Beau travail, Marie ! Je suis content pour vous, d'autant que vous revenez de loin…

— Je sais, je remercie l'Univers tous les jours. Je ne ressens pas le besoin de poursuivre cette démarche pour l'instant. J'ai envie de prendre le temps de savourer tout le bon qui s'offre à moi.

— Comme vous voulez, ma porte reste ouverte. En attendant, je vous souhaite beaucoup de bonheur. Marc est une belle personne. Profitez pleinement de la vie et de l'amour !

—Merci beaucoup !

— Au revoir, Marie…

Danxiaorchis Sinchiana

Samedi 14 décembre

J'ai rendez-vous avec Monsieur Ling à 10 heures dans le hall de l'hôtel. Je m'en voudrais de le faire attendre, se dit Marc. C'est quand même le grand spécialiste des orchidées en Asie.

Il m'a réservé une chambre à l'hôtel ICON. Elle est située au 33e étage et bénéficie d'une vue exceptionnelle sur l'île de Hong Kong.

Ce matin, je suis encore un peu déphasé à cause du décalage horaire. Plus de 7 heures avec Paris !

Avant de le rejoindre, je contemple par la baie vitrée les immenses buildings du quartier des affaires. C'est une ville fascinante que l'on adore ou que l'on déteste. Pour ma part, je m'y sens en sécurité malgré un nombre important de touristes, d'hommes affaires et d'embouteillages permanents.

En sortant de la douche, j'enfile un short en lin blanc et un t-shirt violet clair. La température extérieure avoisine les 30 degrés en cette saison.

Il est l'heure. Plus une minute à perdre ! Je suis tout excité à l'idée de cette nouvelle aventure.

— Bonjour, M. Ling !

— Bonjour, Marc ! Comment allez-vous ?

Il parle parfaitement le français.

— Bien, merci.

— Je suis heureux de vous revoir. Avez-vous fait bon voyage ?

— Oui ! Tout était parfait, grâce à vous ! J'ai particulièrement apprécié la classe « Affaires ».

— Venez, le taxi nous attend ! Ne tardons pas, la météo est parfois capricieuse là-haut.

— Où allons-nous exactement ?

— Au Tai Mo Shan.

— Qu'est-ce que c'est ?

— Un pic rocheux, communément appelé « la montagne brumeuse ». C'est à cet endroit que la Danxiaorchis Sinchiana a été découverte récemment. À ce jour, très peu de personnes sont au courant. Je compte donc sur votre discrétion…

— Bien entendu !

— Nous devrons marcher quelques heures dans la forêt. Avez-vous de bonnes chaussures ?

— Oui, dans mon sac à dos.

Nous roulons pendant une demi-heure à travers une zone urbaine dépourvue de végétation. Le contraste avec mon univers parisien est saisissant. Des immeubles de grande taille ressemblant à des « cages à lapins » modernes surgissent un peu partout. Peu à peu nous sortons de ce décor bétonné pour nous diriger vers la campagne chinoise. Au loin se dresse le fameux pic. Rien qu'à le regarder, j'ai des frissons. Vingt minutes plus tard, le taxi nous y dépose. Son sommet est déjà noyé dans la brume.

Nous marchons en silence sur un sentier sinueux qui s'enfonce dans la jungle. L'ascension s'avère difficile, non seulement à cause du taux d'humidité élevé mais surtout en raison de la pente. Des gouttes de sueur perlent sur mon front. En les essuyant, je trébuche sur des pierres et perds l'équilibre. Genoux à terre, je vérifie que je ne me suis pas blessé et cherche mon coéquipier du regard. Il a disparu. Je l'appelle plusieurs fois. Aucune réponse ! Le stress me gagne. Le brouillard devient de plus en plus épais. Je dois le retrouver au plus vite ! Le plus raisonnable ne serait-il pas de rebrousser chemin ? Courage, mon vieux !

Après quelques heures de marche, Marc ne trouva aucune trace de Monsieur Ling. À la tombée de la nuit, il se résigna à faire une pause. Il s'assit contre un arbre et tenta de rester éveillé. Il s'endormit vite, épuisé par cette randonnée.

Vers 4 heures du matin, il fut réveillé par un curieux bruit… La brume s'était levée, laissant place à la lune qui éclairait avec grâce les alentours. Tandis qu'il contemplait le paysage, il entendit à nouveau ce bruit, semblable cette fois à une mélodie. Envoûté, il se laissa guider vers elle.

Non loin de là, il tomba nez à nez avec un vieux chinois à la longue barbe blanche, installé devant un feu de camp, aux flammes violettes. Était-ce un rêve ou la réalité ?

— Toi pas rêver, Marc ! lui dit-il sereinement. Viens près de moi asseoir. Attendais toi…

— Qu'est-ce que tout cela signifie ? Qu'est-ce que je fais ici et, où est Monsieur Ling ? dit-il, énervé.

— Toi, poser trop questions… C'est problème.

— Qui êtes-vous ?

— Trop questions ! Toujours trop questions ! répondit-il l'air navré.

— Je ne comprends rien à ce que vous dites !

— Faire silence à l'intérieur de toi maintenant ! dit-il d'un ton plus ferme.

— Mais…

— Regarder flammes… Toi laisser entraîner dans danse… Séduire par couleur…

Sa voix devint de plus en plus hypnotique. En concentrant toute son attention sur le feu, Marc finit par se détendre. Plus aucune question ne vint tambouriner à la porte de son esprit. Pour la première fois de sa vie, il ne pensait plus à rien. Il était présent à lui-même, dans l'ici et maintenant.

Lui vint l'envie de partager son expérience avec cet homme. Il leva son visage vers lui, les mots au bord des lèvres. Il vit dans son regard qu'il savait déjà.

Ils restèrent un long moment dans le silence. Ses yeux se fermèrent et il entra en méditation.

Un peu plus tard, une main sur son épaule le ramena à la réalité. Entre-temps le jour s'était levé.

—Marc, toi repartir maintenant. Toi attendu.

Avant, il aurait posé des questions… Il le remercia du temps passé ensemble. Le vieil homme en profita pour lui donner une petite bourse en tissu mauve contenant un objet dur.

—Pas ouvrir aujourd'hui ! Plus tard, quand toi sentir bon moment… Confiance ton cœur, lui connaître vérité.

—Merci, merci infiniment ! Au revoir… Monsieur ?

—Sahasrara… Toi suivre ce sentier…

Quelle surprise de retrouver Monsieur Ling en pleine discussion avec le chauffeur de taxi, au départ du sentier.

— Je vous ai cherché partout ! Où étiez-vous donc passé ? dis-je d'un ton inquiet.

— Marc, avez-vous apprécié votre petite balade ? dit-il avec un air innocent.

— J'ai fait une drôle de rencontre !

Il me lança un sourire qui en disait long puis il m'invita à m'assoir dans la voiture.

— Venez, je vous ramène à l'hôtel…

Nous parlâmes peu sur le chemin du retour. Et si son invitation n'était qu'un prétexte ? Alors que je m'apprêtais à lui poser la question, il me demanda à quelle heure était mon avion le lendemain.

— Vers minuit.

— Très bien, je vous commanderai un taxi pour 21 heures au départ de l'hôtel. Vous n'aurez rien à régler.

— C'est très aimable à vous.

— Nous voici arrivés ! Profitez bien de votre dernière soirée. Il y a d'excellents restaurants de poisson sur Temple Street, c'est à deux pas d'ici.

— Je vais suivre votre conseil. En tout cas, je vous remercie de votre invitation, je n'oublierai pas de sitôt mon séjour en Chine !

— Je veux bien vous croire, dit-il en me serrant étrangement la main. Bon voyage, Marc !

Il remonta dans le taxi, qui ne tarda pas à s'éloigner.

Une bonne douche et un copieux petit-déjeuner s'imposaient ! En rentrant dans sa chambre, il remarqua immédiatement qu'une petite boîte en carton était posée sur son lit. C'était un cadeau de Monsieur Ling accompagné d'un mot manuscrit :

« Rien ne sert de chercher le bonheur, il vous trouve lorsque vous êtes prêt. »

L'orchidée était envoûtante dans sa robe pourpre !

1000 pétales

Il est 14 heures. Je dépose Sarah chez sa copine Pauline qui fête son anniversaire. Je me presse, sinon je risque d'arriver en retard pour mon massage au Spa des 7 mondes. Je suis heureuse d'avoir du temps pour moi. C'est important de prendre soin de soi, de son corps. Sans lui, je ne serais pas là.

Lorsque je franchis la porte du Spa, je suis accueillie par une jolie jeune femme de type balinais au sourire étincelant. L'endroit est magnifique ! Parquet et murs en bois exotique, lumière tamisée, bougies parfumées, musique relaxante, fontaine en pierre de lave, orchidées blanches. Tout, ici, invite au voyage. Pour me faire patienter, l'hôtesse m'offre un thé vert et m'installe dans un canapé douillet.

Dix minutes plus tard, elle me demande de la suivre. Je pénètre dans un long couloir débouchant sur une pièce ronde qui compte 7 portes.

—Quelqu'un va venir vous chercher, Madame.

Je n'attends pas très longtemps avant qu'une autre femme arrive. Elle m'invite à entrer dans une des cabines, éclairée par des petites bougies violettes. Une huile essentielle de lavande parfume discrètement la pièce.

—Prenez le temps de vous déshabiller. Je reviens dans quelques instants, me dit-elle gentiment.

Une fois nue, je m'allonge sur la table et ferme les yeux. La chaleur très enveloppante du lieu me plonge aussitôt dans un état de relaxation.

Quelques minutes plus tard, ma masseuse, revenue sur la pointe des pieds, me répand quelque chose sur le corps.

— 1000 pétales de roses mauves pour vous, Madame.

Après quoi, elle verse de l'huile chaude dans ses mains et commence à me masser délicatement la tête. Ses mains sont merveilleuses. Très vite je m'assoupis…

Une odeur délicieuse me fait sortir un peu plus tard de ma somnolence.

Je suis dans un champ de cerisiers en fleurs. Le vent joue à faire tournoyer des pétales de couleur parme dans le ciel. On dirait des flocons de neige. Je porte une longue robe lilas, très aérienne.

Ce paysage ressemble au décor d'un dessin animé japonais que regarde souvent Sarah.

Je marche sur un sol parsemé de violettes. J'entends des sons cristallins dans le lointain. Malgré toute cette magnificence, je ressens une certaine mélancolie. Impression de retrouver un paradis perdu, jadis sanctuaire d'un amour absolu.

Un faon aux yeux très doux vient m'accueillir. J'ai envie de le prendre dans mes bras, d'enfouir mon visage dans sa fourrure tachetée. Il semble me comprendre puisqu'il se couche à mes pieds pour m'offrir ses flancs. Je me baisse pour le caresser, émue par tant de confiance et d'innocence.

Il se relève et me fait signe avec son museau de le suivre. Le vent est tombé. Nous cheminons parmi les arbres fruitiers. Leur parfum est divin.

Un peu plus loin, nous atteignons un lieu qui s'apparente à un sanctuaire végétal où 7 imposantes géodes d'améthyste sont disposées en cercle. Elles scintillent de toutes parts !

À notre arrivée, elles émettent de puissants rayonnements. L'énergie est si intense qu'elle en est presque palpable. Subjuguée par ce spectacle, je remarque à peine le départ du faon. Poussée par une main invisible, j'avance au milieu du cercle. Mon corps ne le supporte pas, ma tête est au bord de l'explosion ! C'est trop fort ! Tout devient flou…

— Marie, Marie ! Réveille-toi !

Quelqu'un me tapote la joue. Je cligne des yeux… Ma vue est troublée par des éclairs lumineux.

— Où suis-je ?

Je tente maladroitement de me redresser.

— Au 7e ciel, répond une voix d'homme. Reviens à toi ! Je n'ai que peu de temps.

— Mais ! Qu'est-ce… ?

— Je sais, ce doit être un choc pour toi ! Pour moi aussi !

— Tristan ?

— Oui, c'est bien moi.

— Comment… ?

— Je ne sais pas !

— Où sommes-nous ?

— À la jonction des deux mondes…

Je regarde autour de moi, espérant me raccrocher à quelque chose de tangible. C'est vide et violet !

— Tristan, que fais-tu là ?

— Je suis venu te dire au revoir. Je n'ai pas eu assez de courage près de la cascade, c'était trop tôt pour moi. Aujourd'hui, je suis prêt…

— Prêt ?

— Tu es la seule femme qui ait compté dans ma vie. Je t'aimerai éternellement. Cependant je veux que Sarah et toi soyez heureuses sans moi. Votre bonheur est la seule chose qui m'importe dans cet au-delà. Marc est un homme bon et honnête, il saura prendre soin de vous.

— Comment connais-tu son existence ?

— Certains secrets ne peuvent être révélés en ces lieux. Oh ! Marie, je suis si fier de toi ! dit-il en m'embrassant sur la tempe.

Au contact de ses lèvres, je fonds en larmes, touchée par tant de générosité.

— Merci, Tristan. Tu resteras toujours dans mon cœur. Va en paix, mon amour.

— Adieu, ma douce. Dis bien à Sarah combien je l'aime !

Une étoile filante quitte définitivement les ténèbres.

Passager mystère

« Mesdames et Messieurs, le commandant et son équipage sont heureux de vous accueillir à bord de ce Boeing 747 à destination de Paris. Nous vous remercions de bien vouloir attacher vos ceintures, le décollage est imminent. Nous vous souhaitons un agréable voyage en notre compagnie. Ladies and Gentlemen… »

— Excusez-moi, ce siège est libre ?

— Oui, je crois.

— J'ai bien failli rater le coche ! dit l'homme en s'asseyant.

— Pardon ?

— Non, rien, je me comprends ! Je m'appelle Tristan et vous ?

— Marc.

— Enchanté ! Vous êtes en voyage d'affaires ?

— En quelque sorte, et vous ?

— Oh moi… Je suis un voyageur spirituel…

Je le dévisage avec étonnement.

— En fait, je suis venu dire au revoir à ma femme.

— Elle vit à Hong Kong ?

— Non, répond-il d'un air énigmatique. Cela serait trop long à vous expliquer… Quoi qu'il en soit, il est grand temps qu'elle continue sa vie sans moi. À présent, elle est libre d'aimer un autre homme. Vous êtes marié, Marc ?

— Non.

— Pour ma part, je l'ai été, mais la vie nous a brutalement séparés. J'ai eu du mal à l'accepter… Aujourd'hui, je suis en paix.

— Vous m'en voyez désolé…

Les secousses du décollage interrompent leur conversation. Vingt minutes plus tard, la chef de cabine annonce aux passagers qu'ils peuvent se détacher et qu'un repas chaud leur sera servi sous peu.

— Marc, pourriez-vous me commander une coupe de champagne ? Je vais me laver les mains.

— Oui, bien sûr.

— J'espère ne pas vous avoir trop ennuyé avec mes confidences ?

— Non, pas du tout, j'ai l'habitude…

J'étais tellement fatigué que je m'endormis avant le passage de l'hôtesse. Je me réveillai juste pour le petit-déjeuner. Le siège de Tristan était vide. Il avait probablement trouvé une place plus confortable pour passer la nuit.

— Thé ou café, Monsieur ?

— Café, s'il vous plaît. Mademoiselle, auriez-vous vu l'homme qui était assis à côté de moi au décollage ?

— Quel homme ?

— Celui avec lequel je discutais, un grand blond.

— Je suis désolée, Monsieur. À cette place, aucun passager n'était enregistré pour ce vol.

— Vous en êtes certaine ?

— Oui, Monsieur !

— Ce n'est pas grave... Excusez-moi de vous avoir dérangée !

— À votre service, dit-elle poliment.

Peu convaincu par sa réponse, je décidai de partir à la recherche de Tristan. Toute cette histoire ne tenait pas debout !

— *Quelle idée de génie les géodes d'améthyste !* dit l'archange Zadkiel aux autres archanges. *Marie a été très secouée ! C'était nécessaire. Comment pourrait-elle savoir qu'elle...*

— *Chut ! Laissons-la deviner,* répond l'archange Raphaël.

— Elle ne peut nous entendre !

— Les mots ont une portée bien plus grande que nous l'imaginons…

— Comment va-t-elle ? s'enquiert l'archange Uriel.

— C'est trop tôt pour le dire, dit l'archange Raphaël.

— Et Tristan ?

— Nous allons bientôt le savoir ! Allons nous préparer pour l'accueillir, tout doit être parfait pour sa venue.

— La perfection n'existe pas, que je sache !

— Si, Uriel ! Que dans notre monde, que dans notre…

Drölma Kar

Après son massage, Marie se sent plus détendue même si sa rencontre avec Tristan la bouleverse au plus haut point. Une page vient de se tourner…

Il est 18 heures quand elle arrive chez Pauline pour récupérer Sarah. Elle sonne à l'interphone pour s'annoncer.

— Maman !

— Ma chérie ! Alors cette petite fête ?

— C'était super ! Maman ?

— Quoi ?

— C'est violet tout autour de toi…

— Qu'est-ce que vous avez bu chez Pauline ? Du champagne ?

— Non des sodas ! Regarde-toi dans le miroir à la maison si tu ne me crois pas !

— D'accord ! Mais commençons par aller faire des courses pour le dîner.

Après avoir fait quelques achats, nous rentrons à la maison. Chemin faisant, nous passons devant la boutique

« Mandalas », en face de chez nous. On y trouve des bols chantants, des étoles, des tangkas et autres objets sacrés tibétains. Je propose à Sarah de nous y arrêter pour acheter un cadeau pour Marc.

— Bonjour, Mesdames. Puis-je vous aider ? demande courtoisement la vendeuse.

— Bonjour, Madame. Ma fille cherche un cadeau de Noël.

— Je vous en prie, appelez-moi Tara ! Je suis la propriétaire du magasin.

— Enchantée, Tara ! Je m'appelle Marie et voici Sarah.

— Alors, jeune fille, vois-tu quelque chose qui te plaît ?

Sarah attrapa un petit objet sur une étagère.

— Ça ! C'est quoi ?

— Un moulin à vœu.

— Comment ça marche ?

— D'abord, tu fais un vœu et ensuite, tu le tournes avec ta main de cette façon-là. Attention, tu n'as le droit qu'à un seul souhait !

Sarah, fascinée, écarquilla les yeux.

— Maman ! S'il te plaît, on l'achète !

— Si tu veux, ma chérie…

Pendant que Tara emballait le moulin à vœu dans du papier de soi violine, je dépliai un châle en cachemire qui était rangé dans une armoire en bois.

— Celui-ci irait très bien avec votre aura, dit Tara.

— Avec mon teint ?

— Non, avec votre aura violette…

— Que voulez-vous dire ?

— Vous n'en avez pas conscience, n'est-ce pas ?

— De quoi parlez-vous ?

— Du halo qui vous entoure ! C'est une chance, vous savez…

Je sentis dans le ton de sa voix qu'elle ne plaisantait pas.

— Ma fille m'a dit la même chose tout à l'heure, je n'ai pas compris de quoi elle me parlait…

— Elle possède probablement le même don.

— Quel don ?

— Fermez les yeux et n'ayez crainte, je surveille Sarah…

Pour commencer, elle posa ses mains sur ma tête. Rapidement je vis, à l'intérieur de mon crâne, une multitude de points blancs et dorés. Puis, elle se mit à chanter :

Teyata
Om Bekandze Bekandze
Maha Bekandze
Radza Samudgate Soha…

— Maintenant, ouvrez les yeux…

— Tara ! Je perçois votre aura ! Elle est dorée !

— Voyez-vous aussi celle de Sarah ?

— Oui ! Elle est rose fuchsia. C'est puissant ce que vous m'avez fait !

— Je vous ai transmis le pouvoir de visualiser les auras. Il vous sera utile pour vos soins énergétiques.

— Comment êtes-vous au courant ?

— Intuition féminine… Je vous ai également insufflé une formule sacrée qui, lorsque vous la prononcerez, vous aidera à restaurer et à harmoniser les auras.

— À quoi ?

— Faites confiance à votre intuition, le reste ne dépend pas de vous…

— Maman ?

— Oui, Sarah…

— Regarde cette photo, on dirait Shakti !

— Tu as raison ! Je paye et nous rentrons à la maison, dis-je, pensive.

— Je pourrais regarder *Princesse Mononoké* après manger ?

— On verra…

— Tenez, voici votre paquet !

— Merci ,Tara. Je repasserai plus tard pour le châle…

— Avec plaisir ! Vous rencontrerez certainement mon chat Shiva. C'est un amour !

— J'adore les chats ! dit joyeusement Sarah.

— Au revoir ,Tara !

— Bonsoir, Mesdames. Au plaisir…

Abracadabra

Il fait un froid de canard à Paris ! Heureusement, mon appartement est bien chauffé, pense Marc en rentrant chez lui.

Malgré l'avion, il est plutôt en forme ce matin. Il se fait couler un café avant de déballer ses affaires. Il ne parvient pas à s'ôter de la tête sa rencontre avec Tristan, ni sa disparition d'ailleurs. Il n'a retrouvé aucune trace de lui dans l'avion. À croire qu'il n'a jamais existé !

En vidant sa valise, il met la main sur le petit sac en tissu mauve de Sahasrara dont il ignore toujours le contenu. Chaque fois qu'il a voulu l'ouvrir, un je-ne-sais-quoi l'en a empêché. Vers 11 heures, il passe un appel.

— Bonjour, Marie ! C'est Marc !

— Bonjour, comment vas-tu ?

— Très bien, merci. Je viens de rentrer.

— As-tu fait bon voyage ?

— Oui. À ce propos, j'ai pas mal de choses à te raconter !

— Moi aussi ! J'ai fait une étonnante rencontre hier…

— Moi aussi ! Pas plus tard qu'hier soir dans l'avion.

— Raconte !

— Je préfère t'en parler de vive voix…

— Tu m'intrigues ! Tu veux passer à la maison ?

— Oui, vers 15 heures, ça te va ?

— Oui, c'est bien.

Après avoir raccroché, Marie rejoint Sarah qui joue dans sa chambre avec Shakti.

— Ma chérie, Marc va venir nous rendre visite cet après-midi.

— Chouette !

— Et si on lui préparait des muffins à la violette ?

— Bonne idée ! Dis maman, je pourrai lui offrir son cadeau ?

— Ce n'est pas encore Noël.

— C'est dans combien de jours ?

— Onze.

— C'est dans trop longtemps !

— Je comprends ton impatience et, en même temps, ne pas recevoir de cadeau à Noël, c'est un peu triste, non ?

— C'est vrai, dit Sarah en soupirant.

— Tu es adorable, ma petite fille. Je t'aime !

— Ça sent rudement bon ici ! dit Marc, enthousiaste, en pénétrant dans l'appartement. Comment vont ces dames ?

Sarah lui saute dans les bras.

— Marc ! Je suis trop contente de te revoir !

— Bonjour, Marc ! dit Marie en l'embrassant sur la joue.

Pour l'instant, elle tient à rester discrète devant sa fille.

— Allons nous installer dans le salon, nous y serons plus à l'aise.

— Maman a fait un feu de cheminée !

— Bonne idée ! Je vous ai ramené un petit cadeau de Hong Kong.

— C'est quoi ? demande Sarah, en trépignant.

Marc sort délicatement une petite boîte en carton d'un sac en papier kraft. La petite fille pousse un cri d'admiration en découvrant l'orchidée pourpre.

— Oh ! Marc, elle est incroyable ! Merci ! Où l'as-tu trouvée ? lui demande Marie, intriguée.

— Patience, je vais tout vous raconter…

Marc leur relate son fabuleux voyage, sa randonnée dans la montagne, sa rencontre avec le vieux chinois. Il a adoré cette ville ! Sarah, captivée par son récit, ne le quitte pas des yeux. Shakti, lovée sur ses genoux, n'en perd pas une miette non plus. Ils ne voient pas le temps passer… Sarah finit par s'endormir sur le canapé, bercée par sa voix.

Il est pratiquement 18 heures lorsque Marie s'apprête à débarrasser la table du salon.

— Attends, je vais t'aider ! lui dit Marc.

En sortant de la pièce, il s'arrête brusquement devant les photos accrochées au mur.

— Qui est-ce ? lui demande-t-il, la voix enrouée.

— Tristan, mon mari.

— C'est impossible !

— Marc ! Tu ne te sens pas bien ?

— Tu ne vas pas le croire, c'est lui !

— Lui, qui ?

— Le passager mystère !

— De quoi parles-tu ?

— C'est Tristan, j'en suis sûr ! Il semble plus jeune sur les photos, pourtant…

— Explique-moi !

— Il s'est assis à côté de moi dans l'avion. Il m'a raconté qu'il venait de dire au revoir à sa femme, qu'elle pouvait continuer sa vie sans lui et qu'elle était libre d'aimer un autre homme désormais.

— Ton histoire est à dormir debout !

— Oui, je sais.

Marie est obligée de se rasseoir tant elle tremble.

— Tu veux un verre d'eau ?

— Oui, merci… Marc, moi aussi j'ai parlé avec Tristan, hier !

— Non!

— Si, pendant mon massage. Je me suis endormie et…

— Et ?

Elle lui résume la conversation avec son mari.

— Qu'en penses-tu, Marc ?

— Si je ne te connaissais pas, je dirais que tu as des hallucinations, mais j'ai confiance en toi ! Quelque chose me dit que la vérité se cache peut-être derrière les apparences.

— Que veux-tu dire ?

— Tristan essaie peut-être de nous envoyer un message subliminal.

— Maman ? dit Sarah qui vient tout juste de se réveiller.

— Oui, ma chérie.

— J'ai fait un rêve bizarre…

— Ah oui ?

— J'ai rêvé de vous deux… Vous marchiez main dans la main, sur un chemin de pétales roses et blancs. Il y avait beaucoup de lumière autour de vous et tu portais une robe de mariée !

— Une quoi ?

— Tu avais l'air très heureuse…

Marie tourna la tête vers Marc puis, vers les photos.

— Marc, j'ai compris ! C'est évident !

— Moi aussi ! Marie, je…

Il n'eut pas le temps de terminer sa phrase que Sarah se jeta sur eux pour leur faire un gros câlin.

— Je vous aime tellement !

Est-ce que tout est prêt pour l'arrivée de Tristan ? demande l'archange Gabriel un peu inquiet.

Pratiquement… Espérons qu'il ne prenne pas peur, répond l'archange Raphaël.

Nous sommes si près du but, mes amis ! La dernière ligne droite est souvent la plus ardue, ce n'est pas une raison pour vous décourager. Vous avez été très efficaces ! Hauts les cœurs et n'oubliez pas : un pour tous…

Et tous pour un ! s'exclament-ils en chœur.

Dîner du 24 décembre

Crème de poivrons rouges endiablée

***

Ravioles de homard cacaotés

***

Granité citron basilic safrané

***

Risotto de courgettes
Menthe fraîche des prés

***

Fleurs de bourrache en gelée

***

Fraîcheur de myrtilles des bois enchantée

***

Tendre macaron à la violette parfumé

***

Et le tour est joué !

Voilà qui est parfait ! se dit Marc en décorant ses menus d'un ruban de satin violet. Il ne me reste plus qu'à dresser une belle table et à me faire beau. J'ai hâte d'accueillir Marie et Sarah.

Il dispose une nappe blanche brodée à la main sur la table du salon, puis des petites gouttes en verre translucide ainsi que des pétales de rose crème. Il a décidé de mettre les petits plats dans les grands ce soir ! Il faut dire que cette année, Noël risque d'être un moment inoubliable…

Il sort des couverts en argent, des assiettes de porcelaine blanche et des verres en cristal de Bohême. Il a réparti ici et là quelques bouquets de roses dans des coloris identiques, pour parfaire le tout. L'ambiance sera des plus romantiques quand il aura allumé toutes les bougies couleur or et argent.

Il est 19 heures, il file sous la douche. Elles ne devraient plus tarder ! Il est très heureux ce soir.

— Maman, tu es prête ?

— Dans cinq minutes !

Marie se sent un peu nerveuse en pensant à cette soirée. Elle a passé une grande partie de l'après-midi à se faire belle, c'est la première fois depuis le décès de Tristan. La Marie d'aujourd'hui n'a plus rien à voir avec la loque qu'elle était. Une nouvelle femme est née ! Une femme qui a envie d'être aimée, choyée.

— Maman ! On va être en retard !

— J'arrive !

Elle hésite pour sa tenue, sexy ou rose pastel ? Après tout, elle n'est plus une petite fille ! Elle choisit une robe noire en satin, très cintrée à la taille et des escarpins assortis. Une touche de brillant à lèvres rouge rubis, une goutte d'essence de rose derrière les oreilles et le tour est joué !

— Maman, tu es très belle !

— Merci, ma chérie, toi aussi ! Elle te va à merveille cette petite robe arc-en-ciel.

Marie l'a achetée dans la boutique tibétaine, ainsi qu'un pashmina bleu nuit pour Marc.

— Maman, j'ai mis le cadeau de Marc dans ton sac à main.

— C'est bien. Allons-y !

— Bonsoir, Mesdames, soyez les bienvenues ! Vous êtes resplendissantes ce soir !

Qu'il est élégant dans son jean délavé et sa chemise noire. Il s'est rasé de près. Marie est enivrée par son eau de toilette aux effluves citronnés. Pourvu qu'il ne remarque pas son trouble !

— Bonsoir, Marc ! Tu es très beau ce soir.

— Merci. Venez, je vais vous faire visiter !

Son appartement est à son image, sobre et raffiné. Marie s'y sent tout de suite à l'aise. Il leur propose de prendre l'apéritif au salon. Son champagne est délicieux, la soirée commence bien ! Peu à peu, Marie se détend. Sarah est radieuse.

Tandis qu'elles patientent dans le canapé du salon, Marc s'occupe des derniers préparatifs en cuisine. Au moment de passer à table, elles prennent connaissance du menu.

— Sarah, si tu n'aimes pas un des plats, dis-le-moi et je te préparerai autre chose…

— Je veux tout goûter ! annonce Sarah, déterminée.

Le dîner est une réussite, les mets sont exquis. Marc est un hôte très attentionné, il veille en permanence à leur bien-être. Les liens se renforcent au fil des heures.

Il est pratiquement minuit lorsque la petite fille lui offre son cadeau.

— Joyeux Noël, Marc !

— Merci beaucoup, Sarah ! Qu'est-ce que c'est ?

— Un moulin à vœu !

— Il sert à quoi ?

Sarah lui répète les explications de Tara.

— Je vois… Quel vœu pourrais-je bien faire ? dit-il en regardant intensément Marie.

Elle n'a encore jamais vu autant de sensualité dans son regard. De délicieux frissons lui parcourent la nuque.

— J'ai fait mon vœu ! déclare-t-il en tournant le moulin avec sa main.

— Lequel ? lui demande Sarah, tout excitée.

— Ah, ah… C'est un secret !

— Pour toi, Sarah. Joyeux Noël ! dit-il en lui glissant un petit paquet dans la main.

Elle sort d'un papier de soie, un joli pendentif en cristal rose, en forme de cœur, accompagné d'un ruban en velours blanc.

— Que c'est beau ! Merci, Marc !

Sarah est aux anges.

À son tour, Marie lui offre une jolie mallette en bois contenant des perles de verre pour confectionner des bijoux. La petite fille pousse un cri de joie.

— Celui-ci est pour toi, Marc, dit Marie un peu gênée en lui offrant son écharpe.

— Je l'adore ! Merci. Moi aussi, j'ai un cadeau pour toi, mais plus tard… lui souffle-t-il à l'oreille.

Elle sent le désir monter en elle…

La voix de Sarah la fait redescendre de son petit nuage.

— Maman, je suis fatiguée.

— Nous n'allons pas tarder à rentrer, ma chérie.

— Vous pouvez dormir là si vous voulez. J'ai une chambre d'amis avec un grand lit.

— S'il te plaît, maman, dis oui ! C'est trop bien ici !

— Tu es sûr, Marc ?

— Absolument !

Son sourire est irrésistible.

— C'est d'accord… Après tout, c'est Noël !

— Merci, maman ! Tu es la plus géniale des mamans.

Une fois Sarah couchée, Marie retrouve Marc dans la cuisine.

— Ça y est, elle dort à poings fermés.

— Pauvre petite, elle était épuisée… J'aimerais t'offrir ton cadeau maintenant, lui dit-il d'un ton langoureux tout en lui caressant les épaules. Ferme les yeux…

À son contact, son pouls s'accélère, elle ressent des papillons dans son ventre. Il l'entraîne dans sa chambre qui est éclairée à la bougie. Des pétales de rose rouge sont éparpillés sur son lit. Une boîte en forme de cœur est posée au milieu près d'un énorme bouquet.

— Joyeux Noël, ma chérie !

Marie l'ouvre délicatement et découvre une bourse en tissu mauve.

— Qu'est-ce que c'est ? dit-elle émerveillée, après avoir découvert son contenu.

— Un cœur en améthyste, symbole de mon amour pour toi.

— Marc… Merci ! Où l'as-tu…

Elle n'a pas le temps de terminer sa phrase qu'il l'embrasse passionnément. Son corps se tend vers lui, elle vibre de tout son être dans ses bras. Son cœur explose, elle doit lui dire la vérité !

— Je t'aime, Marc !

— Moi aussi, je t'aime, Marie. Depuis le premier jour…

— Oh, mon amour ! Aime-moi ! dit-elle en l'attirant vers elle.

Cette nuit-là, elle vit son aura…

C'est Sarah qui la réveilla le lendemain. Marc était déjà levé.

— Maman ? dit-elle l'air un peu perdu en entrant dans la chambre.

— Oui, Sarah, je suis là. As-tu bien dormi, ma chérie ?

— Oui, très bien !

— Bonjour, Mesdames ! dit Marc radieux. Petit-déjeuner au lit ! Qui a faim ?

— Moi ! répondit Sarah en sautant sur le lit.

— Bonjour, Marc, dit Marie légèrement embarrassée.

— Maman ! Je sais bien que vous êtes des amoureux !

— C'est vrai, Sarah ! Maintenant que c'est officiel, que diriez-vous de venir vous installer chez moi ?

Au Cœur des Anges

J'arrive devant une porte de lumière derrière laquelle j'entends des chuchotements. Je m'engage prudemment dans ce halo blanc qui s'ouvre peu à peu sur mon passage. Sensation d'être arrivé au bout du voyage.

— *Entre, Tristan, nous t'attendions !*

Je suis accueilli par 7 grandes lumières blanches aux contours indéfinis, cernées de centaines de petites lueurs diaphanes. Je ressens tellement de paix et d'amour en ce lieu éthérique, qu'immédiatement je me sens en confiance. L'une d'elles s'approche gracieusement de moi.

— *Sois le bienvenu,* dit-elle d'une voix bienveillante.

— Qui êtes-vous ? Qu'est-ce que je fais là ?

— *Nous sommes des archanges. Heureux de te rencontrer ! Tu as fait preuve de beaucoup de courage pour arriver jusqu'à nous et nous t'en félicitons !*

— Je ne suis pas certain de vous suivre !

— *Nous savons par quel chemin tu es passé pour sortir des ténèbres et tout ce à quoi tu as dû renoncer. Maintenant, tu es prêt.*

— Prêt ?

— *Oui, pour ta nouvelle incarnation, si tu l'acceptes !*

— Ma quoi ?

— *Tu as bien entendu. Suis-nous et tu pourras prendre ta décision en connaissance de cause…*

Ils me conduisent vers une sorte de lac.

— Qu'est-ce que c'est ?

— *Un vortex… Quand nous l'aurons activé, il te permettra de voir l'avenir de l'humanité.*

— Je ne vois toujours pas en quoi cela me concerne.

— *Tu vas vite le savoir…*

Avant même qu'il puisse rétorquer, des images défilent sous ses yeux, en accéléré. C'est fantastique ! Au début, tout se déroule normalement. Mais, au fur et à mesure que les années passent, tout devient de plus en plus sombre et puis, c'est la catastrophe !

— Non ! Pas ça ! C'est horrible ! Aaahhhhh…

Le choc est si violent qu'il tombe en syncope.

— *Tristan ? Tristan ?*

Quand il reprend connaissance, les 7 archanges sont autour de lui.

— Pourquoi ? dis-je, anéanti.

— *Nous l'ignorons pour l'instant,* répond l'archange Raphaël, attristé.

En revanche, ce que nous savons, c'est que tu as le pouvoir de changer le cours des choses.

— Que voulez-vous dire ?

— *Tu peux sauver l'humanité.*

— Vous êtes complètement fous !

— *Pas du tout et nous allons te le prouver.*

— Comment ?

— *En te faisant voir le futur dans lequel tu reviens sur terre.*

— Faites-moi voir !

Tristan est atterré devant l'ampleur de sa tâche.

— Pourquoi moi ?

— *Il semblerait que Dieu seul le sache…*

— Ce que vous me demandez est au-dessus de mes forces !

— *Rien n'est impossible, Tristan…*

XX ou XY

Prénom : Ève

Date de naissance : 3 octobre 2014

Heure d'arrivée : 11h11

Planète : Terre

Signe particulier : belle comme un ange.

« On ne vient jamais sur terre par hasard », lui murmura doucement Shakti au creux de l'âme…

Pour rejoindre l'auteure,
vous êtes invité à consulter son site Internet :

www.samanthalanrivin.com

MARQUIS

Québec, Canada

RECYCLÉ
Papier fait à partir de matériaux recyclés
FSC® C103567
FSC www.fsc.org

Imprimé sur du papier Enviro 100% postconsommation traité sans chlore, accrédité ÉcoLogo et fait à partir de biogaz.

CHOIX ENVIRONNEMENTAL · ENVIRONMENTAL CHOICE

PROCESSED CHLORINE FREE · PROCÉDÉ SANS CHLORE

100%

PERMANENT

BIO GAZ ÉNERGIE